浙江文化艺术发展基金资助项目

PROJECTS SUPPORTED BY ZHEJIANG CULTURE AND ARTS DEVELOPMENT FUND

流水辞

遇见古老廊桥的隐秘之美

周华诚 著

图书在版编目(CIP)数据

流水辞：遇见古老廊桥的隐秘之美 / 周华诚著. —
杭州：浙江文艺出版社，2023.1
ISBN 978-7-5339-7012-3

Ⅰ.①流… Ⅱ.①周… Ⅲ.①散文集—中国—
当代 Ⅳ.①I267

中国版本图书馆CIP数据核字(2022)第207982号

责任编辑　罗　艺
责任校对　萧　燕
责任印制　张丽敏
数字编辑　姜梦冉　诸婧琦
营销编辑　汪心怡

流水辞：遇见古老廊桥的隐秘之美

周华诚　著

出版发行	浙江文艺出版社
地　　址	杭州市体育场路347号
邮　　编	310006
电　　话	0571-85176953（总编办）
	0571-85152727（市场部）
制　　版	杭州天一图文制作有限公司
印　　刷	浙江新华数码印务有限公司
开　　本	880毫米×1230毫米　1/32
字　　数	140千字
印　　张	7.625
版　　次	2023年1月第1版
印　　次	2023年1月第1次印刷
书　　号	ISBN 978-7-5339-7012-3
定　　价	58.00元

版权所有　侵权必究

目录

一 旧时光　001

二 桥头的茶馆　021

三 一桥一生　035

四 时间的消息　081

五 任是东流去　097

六 致流水　129

七 廊桥之神　159

八 山水桥间一席茶　185

九 廊桥相见　199

后记　233

一

旧时光

跟锦溪上的这座薛宅桥比比看,
有什么可着急的呢?
························题记

（一）

  暮春时候，浙江泰顺，乡野花事繁盛，除了大片的油菜花田，遍布村庄四野与流水沿岸的是各色野花。开车在乡道上，随着峰回路转，便有一树一树花开，入眼都是明媚。

  在花与花的间奏里，我与同窗老包一起去寻访廊桥。老包是泰顺人，二十年前，我们一起学医，毕业后他一直工作在医疗一线。我们要去的地方三魁镇，就是他曾工作过的地方。小镇历来是商贸强镇，附近的乡村都以三魁为中心，医疗、教育、文化都是如此，村民们赶集买点什么东西，也是到这个镇上来——大概有十几年的时光吧，老包穿一件白大褂，白天在小镇的卫生院工作，晚上踏着老街的夕阳回家，一日一日，在廊桥边度过清晨和黄昏。

  小镇有条老街，叫"营岗店街"。这一条街，是从明朝开始就热闹起来的。彼时海盐走私严重，甚至发生动乱，朝廷采纳刘伯温的建议，在三魁驻兵，由此，山岗称为"营岗"，山脚的店铺就称为"营岗店"。三魁这个地方很重要，再往南行不远就是福建了，从福建到泰顺县城来，或从泰顺的南部进入泰顺的北部,都得经过这里,所以,营岗店街就热闹起来了。

不知道为什么,走在营岗店街上,我老想起苏童小说里的香椿树街。虚构的香椿树街是苏童作品里的地理标签之一,那里有鸟语花香,有爱恨情仇,也是真实生活的倒影和重塑。营岗店街,我想也是一个有漫长生活、有无尽故事的地方,是一条适合写进小说也适合被人打开来阅读的街。

这么一条营岗店街,说大是真的不大,从明清一直到民国时期,都只是一条狭长的街道,只容两三人并排通行。街道两边,是老旧的木房子,底层的屋檐下,老店门是活动木板门,木板门里面做着针头线脑的小生意。下雨的时候,两边的屋檐水落下来,落到行人肩上,再从肩头滴落,在石头铺就的街路上汇聚,小心翼翼地淌进老街旁边的锦溪。

三魁是泰顺有名的工匠之乡,出外做工的石匠、瓦匠、泥水匠、木匠都多,他们大多前往福建东北部的福鼎、福安、霞浦各地。一些山民在农闲时,也去外地做小买卖,一般是挑着本地的货物到邻县贩卖,笋筐里装满笋干、香菇等山货。所以,三魁就是古道上的重要节点。三魁镇上的营岗店街,也是古道上的重要商业驿站。说起来,泰顺历史上有"两条半"商业街,营岗店街就是那"半"条街。

可以想象,从前的商业街是这样的,南货铺、豆腐坊、理发店、饮食店、打铁铺、裁缝店、中药铺子、牙科诊所，卖山货的，卖百货的，卖洋油的，都在这街上摆开。挑担的人，卖山货的人，行色匆匆的人，浓妆艳抹的人，臂弯里夹着公文包的人，饥肠辘辘的人，都在这条街上走过。附近的村庄，雪溪、东溪、西洋、大安、夏炉、戬州、垟溪，一个个陌生但名字很古意的地方，人们都喜欢到营岗店街来，这条街的每一个日子，也都是那样的热闹，川流不息。

不过，营岗店这半条街，最有特点的还是相伴着一座廊桥。一座古老的廊桥，让这条老街有了灵魂。廊桥叫薛宅桥，架在锦溪上，你从营岗店街走着走着，一个转身，就能看见廊桥，那雄伟的样子，在密集的房屋中间乍一出现，倒是能把人震得一愣的。若是在半个世纪以前，在江南，也许每一座小县城都有这样的老街巷吧？也有这样的老桥吧？也就是在这几十年里，老街拆的拆，改的改，都变了模样，变得华丽而虚假，但凡能留到今天的，要么是闭塞落后没想到要拆的，要么是慢半拍来不及拆的，结果，现在都变成了古董。

老桥呢？大多没有了。不要说老桥，连河都没有了。出于城市建设的需要，这条河那条河都填掉了，只留下一个什么河什么桥的地名，让不了解历史的人听了摸不着头脑。

其实，着什么急呢？

快和慢都是相对的，要看跟谁比。慢就慢一点，很多事情并不是跑步比赛那样有一条终点线的，你以为是条终点线，其实不过是一条痕迹，不，很多时候连一条痕迹都不是。跟锦溪上的这座薛宅桥比比看，有什么可着急的呢？风吹雨打，鸟儿飞过，春夏秋冬，树叶绿了又飘零，没有人跟它比，它也不屑于跟谁去比。它只要做它自己就好了。所以我总是隐隐觉得，泰顺的那么多廊桥，对于泰顺人的心性有一种潜移默化的功用。它们是见惯了世事风雨的老人，守护着人们，告诉人们一些什么——有的人听见了，有的人没有听见；有的人听懂了，有的人要在几十年后才慢慢听懂。但是，这都没有关系，它只要在那里，就在默默地、小小地影响着周围的人。

（二）

薛宅桥有一点老了，它最近一次的变故发生在2016年。"莫兰蒂"台风把一座古老的廊桥完全给摧毁了。薛宅桥始建于明正德七年（1512），重建于清咸丰七年（1857）。这座宏伟的木拱桥全长51米，宽5米有余，净跨28米，离水面10.5米，巍峨挺拔，雄伟壮观，是泰顺现存为数不多的大跨径木拱桥之一，也是泰顺县内桥面坡度最大的木拱廊桥。薛宅桥所在的锦溪河道，两岸都是民房，民房建得越来越高，河道成为一个狭窄险峻的通道。中秋节那天，超强台风"莫兰蒂"带来巨大的降雨量。洪水来临的时候，其势汹汹，水漫金山，水把薛宅桥抬了起来，木构件顺水漂流而去。在同一天，短短的两个小时内，薛宅桥、文重桥、文兴桥，三座"国保"廊桥被洪水冲走。

一座桥，生于水，毁于水，几乎是宿命。

薛宅桥的故事，可谓跌宕起伏。明正德七年之后，该桥多次毁于水患，屡建屡毁，屡毁屡建。薛氏村民的族谱里，就有《重建锦溪桥记》一文，兹录几段于此：

> 吾乡之前有锦溪，发源于虞峰华峰，迂回曲折，直达于闽。以锦名者，志美也。前明有功命岳峦二公佐助，构木为桥。久之，为洪涨而圮，行者胥于是乎病涉焉。
>
> 至国朝，邑侯朱公以事偶寓吾祠，论及锦溪桥事。众曰：卑族前桥，创于正德壬申，毁于万历己卯，彼时先祖亦欲重建之，以继前人之志。有龟岩张某，惑于青囊之说，力阻之，以故未得重兴耳。
>
> 侯曰：惟兹祠前离下数武建桥，实为两得，愿捐俸以倡。

时族中耆长先生欣然领诺，乃取能于其工焉，取力于其壮焉，木者、石者、陶者咸中式。始于乾隆四年十一月，成于五年六月，计高三十丈，广一丈八尺，长一十六丈奇，巍巍翼翼可观，往往来来甚便。书曰：若涉巨川，用汝作舟，此之谓也……

此文作于道光三年（1823），岁在癸未四月。锦溪静静流淌，见证了两岸家族在建桥一事上的风水纠纷。1579年，锦溪桥在山洪中被摧毁，一时两岸行人过往受阻。当时因造桥经费不足，薛氏族人在宗祠前一个叫小坑的位置建了一座小桥，以供临时之需。原桥旧址东畔的地面，为龟岩的张氏所购得，成为张家之地。而这为日后重新建桥埋下了隐患。一百六十年过后，到了清乾隆年间，薛氏族人准备在原桥旧址建造木拱桥，张家人却坚持阻止这一建桥行动，主要原因是"青囊之说"。因为风水师都以黑袋子装着风水书，所以民间把风水学叫作"青囊之说"。

往事从头说。相传最早之时，此桥附近是荒山野岭，薛氏族人祖公从平阳来此，在锦溪西岸定居。张氏族人祖公来到东岸，发现一处"龟蛇相会"之地，乃是风水宝地，遂也定居下来。西岸薛氏家族人丁兴旺，五谷丰登，六畜兴旺；东岸张氏家族也繁衍生息，人才济济，出了不少秀才。

原锦溪桥被摧毁之后，薛氏族人在下游建了一座小桥，倒也相安无事。问题就出在，后来东岸之地面已为张氏族人购得，再要造桥，人家就不肯了。而且张氏族人认为，张宅的风水就靠着"龟蛇相会"的地形，此二物是怕蜈蚣的。现在薛宅人要在这里建蜈蚣桥，蜈蚣桥的桥头正对蛇的"七寸"，一旦蛇的"七寸"被蜈蚣咬着，张家的风水就完了。尽管薛宅人想在此地复建老桥，但张宅人说什么都不答应，那也无计可施，不得已之下，薛宅人将桥建在一个叫小坑的地方。但是此处风强水急，材木难固。此处设桥，不是长久之计。

后来，张宅人将原桥旧址东畔转卖与林氏。薛氏又从林氏手中将地买了回来。这一次从异姓手中买回了锦溪桥旧址，薛氏族人心中吃了定心丸，说什么也要把桥建起来。

到了咸丰六年（1856），薛氏家族再次准备兴建蜈蚣桥，并得到了当地大户邱光清、苏佩铭、张永操等人出资捐助和大力支持。八月十五这天的吉时起工，龟岩张氏族人又以风水之辞出来横加阻拦，把起工的好事给搅黄了。

当地望族胡氏家族胡东伟也出面劝解，最终还是无济于事。龟岩张氏以薛氏越界建桥为由，把薛氏告到了官府。县令收了好处，差人把建桥现场的木石材料封了，不许建桥。

这一来，薛氏族人不干了。薛氏族人造桥得到附近很多家族的支持，毕竟建桥不只是一个家族的事，也是惠及周边十里八乡的事。这锦溪年年发大水,原来的小桥也好,小坑桥也好,屡建屡毁,这次大家下了大决心,要在坚实的地方造个永固之桥。张氏族人也成骑虎之势,聚集族人要查抄此桥。薛氏族人一看不妙,也聚众防守。当时形势非常紧张,村中守桥之人鸣锣为号,"合族母催其子,妻耸其夫。百人刻集,日夜防卫,几如戒严"。

到了八月二十九日辰时,桥梁拱架完工。不料到了巳时,拆木架出了事故,整座桥坍塌。桥上五十余人随桥一起倾落入水,所幸只有一人伤及左腿,后恢复无恙。这次事故的发生,对造桥一方无疑是重大打击。起先大家把事故的原因归结于主持建造的吴工匠,施工中规矩失度,以致桥梁倾塌。后来,首事细细想来,觉得此事的根本原因,还是在于张氏族人的横加阻挠,以至于建桥施工急切赶工,忙中失误,这才免去吴工匠的罪责。

此桥未成,更加激发了薛氏族人的奋起之心,族人捐建之心愈加坚定,全族人有钱出钱,有力出力,有木出木,另请工匠再次建桥。而张氏族人一方,也不遗余力地继续阻挠,继续贿赂官员。对于双方来说,谁先言弃,都将前功尽弃。这场持久战,不得不打下去。

又过了不久,新县令杨炳春到任。杨县令是个作风务实的官员,他莅任后听说了锦溪桥的纠纷,决定亲自勘访调研。

他到锦溪上下勘定后，也认为在锦溪桥旧址建造蜈蚣桥最为适宜，随即下令"即日兴工，毋缓毋怠"，如再有强横出头妄加阻拦的必严办不贷。

咸丰六年的冬天，腊月初九，拱架初成。第二年四月，廊屋上梁。至五月，薛宅桥终于全面竣工。

为了张家的风水，张氏族人又想了法子来破解，在龟岩水尾造了一座水碓。薛宅桥像蜈蚣，蜈蚣最怕啥，大公鸡。张宅水尾的这座水碓，就像一只勇猛的公鸡，公鸡头正对薛宅桥，可谓一物降一物。

廊桥的故事真多，这乡野之间，不管老幼都能说上几段桥的传说故事。薛宅桥建桥的这一段故事，说明了传统民间社会对风水的重视。风水是什么？在泰顺，廊桥多与风水相关，风水不仅关乎廊桥本身的安危，也关乎整座村庄的运势，似乎还与整个氏族子孙后代的发展前景相关。

水在民间传统文化中，被看作是"财源"的象征，古人选择村落地址时，对"天门"的要求不太高，只要有水流出即可，有财源滚滚而来之意；对"地门"讲究更严格，"地门"即村落的出水口，必须关锁，财源才不会流失。

在泰顺有一座城水桥，此桥的梁木之上，除了主墨、首事、捐赠者的名字，还有风水师王石玉的名字。这既出人意料，又在情理之中。在建桥之前，乡民先请风水师进行勘察，廊桥建成之后，将他的名字写在栋梁之上，也是一种尊重。王石玉是闻名当地的堪舆师，精通风水形势、理气之法，对建筑选址也非常内行，他从风向、水向等方面权衡之后，最终确定了这座城水桥的桥址。城水桥建成后，至今未被山洪损坏。

从1997年秋天开始，我的同学老包就在小镇日常生活场景里出现了。他在街上租了一间房子，每天清晨走过热闹的营岗店街，爬过高高的薛宅桥，穿过曲里拐弯的几条小巷去卫生院上班。营岗店街一如既往，烟雾氤氲，早餐店里坐满了早起的上班族。中心小学的夏老师、住公家宿舍的乡里王干部、供销社的老陈、理发店的武老板，大家打着招呼，吃完早餐，路过肉铺、豆腐坊、理发店……各自上班去了。

三魁镇的卫生院规模不小，仅次于县城的大医院，又因为离县城远，这边十里八乡的农民，有个头疼脑热跌跌撞撞什么的，都到三魁卫生院来找医生看。那年头，三轮车刚兴起，路上交通事故不少，半夜里经常叫急诊。车在路上翻了，驾车坐车的人胳膊折了骨头断了，医生们从宿舍床上被叫起来，有时候一路小跑穿过黑漆漆的夜晚，去给病人处理伤情。老包所在的科室是化验室，病人情势危急要输血，他一个一个打电话，把备急用的输血员连夜叫来，采血、化验、配型，一晚上忙下来，天也就亮了。

包医生也是在那几年里认识了陈医生的。陈医生做妇幼保健工作，一天到晚往村庄里跑。谁家新媳妇肚子大了得建卡，谁家个郎团儿刚满月要体检，谁家妇女有些不好启齿的贴身话欲言又止，她都要去看看。陈医生能吃苦，心还细，记性好，这个村的那个村的，路上遇到了，她张口都能叫得上名字。有一次，记得是医院组织的下村义诊，大家带着医疗仪器去给村民义务体检，到了薛宅村，廊桥上村民可真多。医生们把摊子摆开，血压计、听诊器什么的打开，村民们就一个个来了。陈医生可好，村里的妇女同志一个个都叫得出名字，谁家的孩子几岁了，都说得上来。到了中午，有妇女给陈医生偷偷捧来几颗鸡蛋，还说这不是给陈医生的，是给海青的。海青就是陈医生的名字。这让包医生惊讶极了，都是进医院不久的年轻人，陈医生怎么这么能干呢！包医生就从那时候开始，偷偷在心里存了好感。后来包医生知道，陈医生做妇幼保健工作，练就了很多好本事。比如她有时候下村去，看见谁家门是锁着的，一家人都外出干活去了，门口却晾晒着个郎团儿的小衣服，看看衣服花色、大小，她就能猜出娃的性别和月龄，这样下一次来，她都心里有数呢。

陈医生后来就跟包医生谈起了恋爱。谈恋爱的时候，他们也经常从营岗店街走来走去，在廊桥上走来走去，跟在廊桥下坐着聊天的很多村民成了熟人。他们几乎是在村民们的目光里恋爱的。这些质朴的目光热忱地追随着两位医生的背影，直到他们俩消失在营岗店街的拐角处。

营岗店街地面上的鹅卵石，早已被行人的鞋打磨得光溜溜的。老包工作认真负责，技术也好，后来就调到县城的大医院去了。跟他一起在小镇上度过那些青春岁月的朋友们，也陆续调动进城。老包很久没有来营岗店街走走了，街上的面孔，也早就换了一拨又一拨。但是这地方依然如此熟悉，小街拐角处的廊桥没有变，那座廊桥依然雄伟地矗立着；桥下的流水悄无声息，就像时光在不动声色地流逝而去。

"莫兰蒂"台风把薛宅桥摧毁的那天是中秋节，包医生本来也是要下乡回老家过节的，但狂风暴雨把他堵在了路上。

山洪已将道路淹没,他只得改变行程,好在道路熟悉,他重新回到了县城的家中。

几乎是在同时,他听到新闻说暴涨的洪水把薛宅桥冲倒了。短短两小时内,泰顺境内三座"国保"廊桥被洪水冲走。后来他还听说,目睹薛宅桥倒掉的那一刻,很多村民都掉了眼泪。

很快,人们自发加入到抢救古桥的行动中。雨还没有停,洪水稍退,人们就从下游溪流里搜寻被冲走的木桥构件。一根一根,一块一块,人们寻回了90%的原构件。

人在,桥在。

风雨过后,桥还可以抢救修复回来。薛宅桥修复工程启动之前,村民们为这座桥举行了隆重的重启仪式。半年后,薛宅桥畔,村民们又完全按过去泰顺建桥时的仪式,举行了廊桥上梁仪式。上梁仪式由负责修复薛宅桥的木工主事郑昌贵主持。现场摆满一桌牺牲,敲锣打鼓放鞭炮,郑师傅口中念念有词。

那一天,锦溪两岸来了许多村民,其中有些老人在三十多年前修缮过薛宅桥,有些老人在五十多年前修缮过薛宅桥。如今,他们每隔几天就来一次,根据脑子里的记忆帮助现时的木匠修桥。文物专家也来了,他们借助完整翔实的档案,尽力让古桥重新回到原来的样子。

2017年12月，薛宅桥重修完成，举行圆桥仪式。

薛宅桥的雄姿又重新回到了锦溪上，两畔村民空落落许久的心又盈满了。圆桥时鞭炮声响起来，男女老少会集而来，纷纷走上廊桥，去踩一踩桥。踩一踩桥啊，好运就伴随着这两岸的村庄与人们；踩一踩桥啊，脚下踏踏实实的，心里也安安稳稳的了。

营岗店街的人们几乎全都来了，开百货超市的，卖豆腐的，开理发店和饮食店的，打铁铺的、中药店和牙科诊所的，全都来了，都要上桥来踩一踩。桥头两畔的薛氏族人、张氏族人，还有赵钱孙李百家姓的人们，也都来了，也都要上桥来踩一踩。更远的村庄，雪溪、东溪、西洋、大安、夏炉、戬州、垟溪，还有别的地方的人，也都来了，都要上桥来踩一踩。这个时候，人们哪里是想到什么风水呀、青囊呀，就是想，今天是个好日子，要沾一沾这廊桥的喜气呢。也许，还能想到人在世间一遭，谁还没有一点风风雨雨呢？看看这廊桥就知道了，心里也就有谱了。

老包带我去薛宅桥的这个暮春时节，桥头的樟树也在开花，送出一阵一阵的馨香。薛宅桥的河运埠头有百年历史了吧，埠头边上有两棵古树，一棵是树龄四百五十年的枫香树，一棵是树龄一千年的樟树。可以想象，原先这里的老街和河埠头有多繁华。

在三魁这座古老的小镇，还有一些底蕴深厚的非物质文化遗产，比如药发木偶戏、提线木偶戏，还有龙凤狮子灯等等。对了，还有百家宴——每年元宵节，族人在街上摆开长桌宴饮，这一习俗，是从宋朝开始延续至今的。

我们在营岗店街上走了走，这老街，又让我想起"香椿树街"来，还想起电影《芙蓉镇》里的老街来。每一条老街上，都有拼尽全力生活的人物，他们且歌且行，有笑有泪，把一个一个细密瓷实的日子过成一首诗。也许，廊桥就是他们的远方，廊桥像大鸟一样在河上振翼起飞，把人们的目光，也带离到很远的地方。

我们一起登上修复好的薛宅桥。桥上有人闲坐聊天，还有人在下象棋。老包走过来走过去，来回走了两趟。我就一直站在桥上，透过花窗望出去，那里能看到长长的锦溪，也仿佛能看到那遥远的过去的时光。

[图一] 薛宅桥

薛宅桥的雄姿又重新回到了锦溪上，
两畔村民空落落许久的心又盈满了。

〔图二〕北洋桥

它们是见惯了世事风雨的老人,守护着人们,告诉人们一些什么——有的人听见了,有的人没有听见;有的人听懂了,有的人要在几十年后才慢慢听懂。

二
桥头的茶馆

为什么我们自己的生活,
在别人眼里,就是世间最珍贵的美呢?

......题记

双贵拉着一个行李箱风尘仆仆回来的时候，廊桥边的乌桕树已落光了叶子，一树白色的籽粒引来许多鸟儿，在枝头叽叽喳喳上蹿下跳。

双贵一时呆住，在廊桥边石阶上坐下来，仰头望着。

回家了，真好。

上次在廊桥边这样坐着，似乎已是很久很久以前的事情了。三四年前？五六年前？记不清了。只记得每一次回家都匆匆忙忙，腊月里赶回家过年，年一过完，又匆匆忙忙离开了。

千里迢迢啊。二十多岁的年纪，双贵在异国他乡其实也并不怎么想家。白天都是忙工作，晚上倒头就睡。只不过，有时做梦会梦到家乡父母，梦到廊桥边的小村庄。

一棵乌桕树，一棵老樟树，这两棵树也在双贵的梦中出现过。

九〇后年轻人双贵，此时坐在故乡的光滑的石阶上发呆。乌桕树上鸟儿叽喳，河水依然是无声地流淌，廊桥上有村民挑着一担东西走下来,看了双贵一眼,叫出来:"哟,这不是双贵吗!你什么时候回来的?"

双贵醒悟过来,不好意思地抓抓脑袋起身:"我……啊……刚回来!"

拎起行李箱,双贵朝桥边灰暗色的木板房子走去,一边走一边喊:"爸!妈!我回来啦!"

这是近午时分,不少人家屋顶上已经冒出炊烟了。从沙特阿拉伯的利雅得转机广州到上海,从上海到杭州,从杭州到温州,从温州到泰顺,再从泰顺坐车回到泗溪,这一路飞机火车汽车的,算是舟车劳顿,但双贵一点儿没觉出劳累,回家的兴奋反而让他浑身充满了力气。

廊桥边的这一座木板房子,既是家,又是一间茶馆,双贵的父母和哥哥都在家。他们都知道双贵这天要回家,但真见到了,还是又拍又打,半天都是站着说话,过了好一会儿,才想起来让双贵洗脸洗手,喝茶吃点心。

自最后一次从沙特回到老家泰顺,双贵就再也没有出去过了。

双贵在筱村镇上新开了一家奶茶店。这间老茶馆,平时就让爸妈打理着。平时游客不多,到了周末忙不过来,他才过来帮忙。

沙特气候暖和，就跟中国的海南差不多，一年到头也没有什么冷天。钱也挣得多。就是不太平，兵荒马乱的样子——那几年，沙特周边经常打仗，边境线上炮火隆隆，家里人也不放心双贵再出去了。

不如就在家里找点事情做吧，双贵想。

桥头这间茶馆，原先是叔叔家的房子，也并不是茶馆，只是卖着一些茶叶、矿泉水、茶叶蛋之类的东西。不知道为什么，廊桥上来来往往的人多，店里的生意却并不好。

后来叔叔搬了新家，店不想再开，这间屋子就让双贵家盘了过来。里里外外重新装修了一番，加个阁楼，做成了茶馆。用来经营的是两层，底下一层店面，摆了柜台和两三张桌子，天气好的时候，小桌子和竹椅子就摆在屋檐下。二楼隔出三个小包厢。小包厢有窗户，探头一望，外面就是廊桥风景。

从沙特回来后，双贵最喜欢的事就是在茶馆里待着。店里没什么生意时，他一扭头就看见外面的廊桥，觉得心里安稳着呢。

泗溪是个宁静的小地方。有"世界最美廊桥"之称的"姐妹桥"——北涧桥、溪东桥就在泗溪，这些年很多人慕名而来。在双贵的记忆里，这两座古老的廊桥一直是生活的一部分。

双贵在村里上的小学，叫下桥小学，一个班有四十个同学。以前这个学校很厉害，同学们成绩也不错。后来学校撤并，下桥小学没有了。

学校就在石桥头。双贵从家里出门，穿过廊桥，再拐个弯就到学校了，全程只要几分钟，下雨天也根本不用带伞。

小时候，廊桥头的这棵乌桕树，一到夏天，地上树上都是野蚕，那种浑身绿色，还有眼睛似的花纹的野蚕。现在的孩子们见了就怕，有的女生更是会吓得尖叫。其实那种野蚕一点儿都不用怕，双贵小时候就跟伙伴们一起抓来玩，放在课桌的抽屉里，或是铅笔盒里，摘桑叶给这些蚕吃。

泗溪的水，更是干净得不得了，舀起来可以直接喝。溪水在桥下静静流淌，桥边的生活也像溪水一样缓缓行进。廊桥是泗溪人生活的一部分。到了初一或十五，许多人会去桥头，跟守桥人一起，烧一炷香给桥上的菩萨。

桥头的两棵大树，也有一段古老的传说——某年某天，这两棵树的神灵去神游，到了平阳县水头，碰到两个姑娘，于是双双坠入爱河，然后结婚生子。他们是树仙，照镜子的时候，看到的也不是人的形象，看到的是树。这两棵树的神灵，过着平凡而快乐的世俗生活，都几乎忘记了自己的真实身份。然而，那两棵树却因为神灵离开太久，日渐枯萎，快要死了。两位神灵感应到了，还是下决心回去。临走的时候，他们跟妻子说:"我们两个人,一个姓邬,一个姓章,如果要找我们的话,就到泰顺泗溪下桥村来找。"

后来,他们的妻子真的找到了泗溪下桥村来。找来找去,问遍每一个村里人,都说这里有姓陈的,姓汤的,姓林的,偏偏没有姓邬的,也没有姓章的。那么,姓邬与姓章的两位夫君到底是哪里人呢?为什么让她们找到泰顺泗溪来呢?

问来问去,就有村民说,你们可以去廊桥问问,那里人多。

她们去到廊桥边,发现桥头有两棵参天大树,觉得分外熟悉,仿佛是前世见过的一样。再仔细一看,一棵是乌桕树,一棵是樟树。她们恍然大悟,不由得落下泪来,原来夫君是这两棵树呀。

这是一个午后,我们坐在大樟树底下,坐在茶馆屋檐下听双贵给我们讲的故事。眼前的双贵很年轻,不时起身招呼来往客人,又进出端茶倒水,得空了就跟我们一起,坐下来聊眼前的廊桥,以及廊桥边的生活。

双贵说,这座廊桥,就是大伙儿的日常生活。天天从廊桥上走过,天天在廊桥边过日子,廊桥是平常的一样东西。

从国外回来以后,双贵就把所有心思都放在这间小茶馆上了。他觉得泰顺虽然是一座小县城,但现在生态很好,算得上是一座天然氧吧。这些年，又因为廊桥声名远扬，来泰顺旅游的人越来越多。接下来，在家乡也有很多发展机会，不一定非要都挤到大城市去。

喝着茶的时候，我们就望着古老的北涧桥。

这座北涧桥，建于清康熙十三年（1674），嘉庆八年（1803）重建，道光二十九年（1849）重修。北涧桥旧址，在上游五十米处，现在还保留着旧桥的遗址。原来是一座木平梁桥。被洪水冲毁后，族人在下游，也就是现在这个位置，改建了木拱桥。

说到洪水，双贵的话一下就多了起来。刚接手茶馆那一年，一家人好好花了番心思，把茶馆里外都装修了一下，花了本钱十几万元。本来，想趁着秋天旅游的旺季把本钱挣回来一部分，结果来了一场台风。泰顺这个地方，位于东南沿海地区，每年的台风大都在这一带登陆。很多朋友是在天气预报里知道泰顺的。泰顺又是山区，山高谷深的地方，台风带来的强降雨，就像天地之间的水库泄洪一样倾泻下来。这一下子，所有的河流水量暴涨，山洪暴发，你是没有见过我们山里的洪水——那可吓人啊，双贵说，洪水来得急，带着上游山上冲刷下来的大树、木板、家具甚至小汽车，轰隆隆地冲下来，摧枯拉朽一般横扫下游的村庄。

又能怎么办呢？人在这样的大自然面前，只有敬畏，只有祈祷——双贵说，每次台风要来的时候，大家只有一个信念，生命安全为第一。干部全体出动，动员所有人员转移到安全地带。双贵家的桥头茶馆，处在最易受灾的位置。刚装修的那一年，大水来了，家具都被冲走了，只留下门框和柱子。幸好他们把门板窗格那些抵挡洪水的部件卸掉了，大水冲过，茶馆的整体结构没有太大的损坏。不过，那一下子，也损失了十多万元，茶馆还没有开始挣钱呢，又亏出去了，大水一冲，什么都没了。双贵说，这就是我们桥边人家的生活。

难以想象，双贵经历了那么多惊心动魄的瞬间。还有一次，台风来袭，洪水在短短几分钟内就漫上来，淹到了茶馆的二楼，要不是半夜村民事先敲锣打鼓相互提醒，说不定还会有更大的损失呢。

每年台风季，双贵他们跟村民们一样，每个人都是提心吊胆的。八、九月间，最是担心，因为不知道天灾什么时候会到来。只要听说可能有台风，全家人就一起出动，提前把茶馆里的东西全都搬走。可是台风就是这样，有时搬东西累得半死，台风却没来。有时也不见得是什么大台风，心存侥幸没有搬东西，你说怪不怪，台风偏偏就来了，还猛得不得了。打你个措手不及，桌椅、茶壶、茶叶、锅碗，这些东西一下子都被冲走了。

2016年9月，第14号台风"莫兰蒂"，双贵回忆起来，仿佛还心有余悸，可能每一个泰顺人都会对那一天刻骨铭心的吧。"莫兰蒂"像一头发怒的怪兽，把天空的水都倾泻下来，泰顺境内所有的河水都暴涨。从9月15日中午12点左右开始，泰顺境内的三座廊桥——薛宅桥、筱村文重桥、文兴桥，先后被洪水冲毁。

泰顺是个廊桥之乡，也是个桥梁之乡。泰顺境内，共有各类桥梁970多座，唐宋明清时期的古廊桥有30多座，其中19座廊桥在2005年被列为省级文物保护单位，15座廊桥于2008年被列为全国重点文物保护单位。2016年被洪水冲毁的三座廊桥，都是全国重点文物保护单位。

泰顺境内有六座廊桥还被赞誉为"世界桥梁史上的奇迹"，分别是薛宅桥，文兴桥，泗溪姐妹桥（溪东桥、北涧桥），仙稔仙居桥，洲岭三条桥。

泗溪姐妹桥，在"莫兰蒂"台风中幸存了下来；被洪水冲毁的三座"国保"，后来也被大伙儿修复起来。

泗溪，之所以叫泗溪，是因为有东、西、南、北四条溪于此汇聚而得名。泗溪木拱桥，古有"泗水回澜"之称。这是一个美好的景观，也造就了泗溪的廊桥文化之美。

双贵后来结婚了，妻子是他的中学同学。

在外面奔波了几年之后，越来越觉得家乡宁静缓慢的生活有多珍贵。他时常在泗溪街上行走，在廊桥上往返，有时也去泰顺县城办事或购物，泗溪小镇特别适合生活。

再后来，双贵有了娃。他看着娃蹒跚学步，看着娃牙牙学语，牵着娃的小手，在廊桥上走过，也在两棵大树下的石阶上来回。夏天，溪水清浅，双贵抱着娃下到溪里，在清浅的溪中嬉水，小孩子咯咯笑着，开心极了。

双贵在泗溪街上又开了一家奶茶店，适应年轻人的喜好。店名起得很美，叫"沁茗初见"。我问双贵，为什么起这个名字。双贵笑了笑说："有句话叫'人生若只如初见'嘛，我的初见，是廊桥。"

双贵有时在桥头的茶馆，有时在奶茶店里。茶馆有泰顺的"三杯香"绿茶，也有"廊桥红"红茶。游客爆满的时候，忙不过来，他会请个员工来帮忙，更多时候，就自己和家里人忙里忙外。

双贵继续向我们讲述廊桥的故事——就好像这廊桥边的生活，有时离开一下，回来时仍能接续得上，茶也仍然温热。有一搭没一搭地闲聊，刚好符合桥头人家的节奏。双贵说，就像平阳县水头的人来到泗溪，一眼认出了乌桕树和大樟树一样，他从遥远的地方回到家乡来，一眼看到廊桥，看到这两棵树，也一下子愣住了，觉得这就是家乡啊。双贵还说，以前廊桥上住着守桥人，村民们出远门，或刚回家，都会去桥上拜拜菩萨，祈求平安或感谢一下。双贵又说，泗溪还有百家宴，热闹极了，每年的元宵节都会办。百家宴到底流传多少年，他也说不清楚，老人们说，以前叫"做春福"，后来就演变成了这个民俗文化。热闹的时候，大概有两百桌宴席，有很多特色美食供大家享用，还有踩高跷和舞龙表演，啊，那太热闹了啊。对了，还有提线木偶戏，你们看过没有——那也是非物质文化遗产，有机会你们再来廊桥，一定要感受一下……

茶馆生意不忙的时候，双贵就坐在门前，看看眼前的桥、眼前的树，还有眼前的石阶。这石阶上的每一块石头，树上每一片叶子，桥上每一块木板，他都看在眼里了。

双贵想，为什么有那么多人，千里万里，跑来看廊桥——这桥这树这溪水，到底美在哪里？双贵也想，到底什么是美呢？为什么我们自己的生活，在别人眼里，就是世间最珍贵的美呢？

想着想着，双贵好像就明白了。

双贵想明白之后，就更喜欢他的廊桥，他的茶馆，以及他在廊桥边的一天又一天了。

泰顺境内有六座廊桥被赞誉为"世界桥梁史上的奇迹",仙稔仙居桥是其中之一。

〔图三〕仙居桥

〔图四〕守桥老人

三 一桥一生

廊桥,是连接此岸与彼岸的道路,也是连接人与人的道路,更是连接过去与未来的道路。

———————————————————————— 题记

（一）

　　董直机的名字被人发现的时候，已经是很晚了，晚到他自己都快把造桥这件事忘掉了。很久很久以后，有人在一座老桥上发现了痕迹。

　　那是在岭北的上洋村，一座叫泰福桥的石拱木平梁廊桥上。为什么叫泰福桥呢？因为这座桥是从浙江泰顺通往福建的重要交通桥梁。2003年，几位文物工作者到上洋村考察，发现泰福桥的梁上，留有"绳墨董直机"字样。

　　"绳墨"，也就是廊桥的设计师、建造师。这座桥建于1948年，当时建这座桥的师傅如果正当年轻，说不定尚在人世。于是，文保工作者薛一泉等人立即改变行程，在岭北一带寻找打听，想要找到这位叫董直机的廊桥建造者。

　　在浙南闽北山区，廊桥的种类繁多，有石拱廊桥、木平梁廊桥、伸臂叠梁式廊桥、八字撑木拱廊桥、木拱廊桥等样式。在所有的廊桥当中，木拱廊桥的营造技艺最为复杂，是世界桥梁史上的绝品，也是我国古桥梁研究的活化石，被联合国教科文组织列入《急需保护的非物质文化遗产名录》。

木拱廊桥的营造技艺，在以往的资料记载中并不多见，尤其是对于掌握营造技艺的"老司"（泰顺当地方言，即"老师傅"的尊称），资料更是少。专家们曾多次考察调研浙南闽北现存的木拱古廊桥，发现大多数古廊桥都出自福建匠师之手。例如，泰顺薛宅桥的造桥主墨，是福建寿宁巧匠徐元良；景宁的梅崇桥梁上，也有墨书题记，显示匠人们来自福建——"福建省福宁府宁德县主墨木匠李正满、张成德、张新佑、张成官。副墨木匠祖观、祖极、祖发、张茂江、张成号、张成功、吴天良"。

而今，木拱廊桥的技艺还有人传承吗？在泰顺还能找到硕果仅存的老师傅吗？历史上的这些民间造桥大师，难道只能隐藏于广袤的山村，悄无声息地存在，又悄无声息地湮没于时间的荒野吗？

谁都说不清。

从上世纪90年代中期开始，许多文物工作者数度寻找，结果都令人失望。物比人长久。廊桥还在，但是，恐怕这世上，已没有人能再以传统技法造出一座新的廊桥来了。

泰福桥梁上新发现的"绳墨董直机"字样，无异于一针兴奋剂，让文物工作者精神大振。薛一泉约上泰顺县政协文史委的同志一起，沿岭北古道进村入户，去寻访传说中的董师傅。

这一条岭北古道,一头可经岭北到达泰顺,另一头一直延伸至福建境内,古道两旁古树名木甚多,山林郁郁葱葱,路边流水潺潺。岭北溪绕了个半圆形穿过上洋、板场、村尾等村落,溪回路转,民居沿水分布,错落有致,宁静恬然。宛如天工图腾一般的廊桥仍存在于各处,与一个一个村庄聚落里人们的精神世界相连。

在云深之处,一个叫村尾的村庄,村民把陌生的客人带到古树掩映的石桌前,指着一位老者说——你们要找的"老董司",就是他了。

(二)

一个人一生当中,真正重要的抉择机会并不会太多。正是那看似偶然的几次选择,决定了人生道路的方向。对于毛素秋来说,最重要的一次选择,发生在23岁那一年。

第一次当解说员给客人讲解廊桥的知识,素秋手指甲抠着掌心肉,后来才发现都抠红了一片。不过,有几句解说词她到现在依然记得——

"木拱廊桥的特别之处,在于桥面之下的编梁木拱结构。

"这种编梁木拱结构形式的桥梁,在全世界范围内,也只有在闽浙交界的山区才存在。这种桥的营造技术,已经列入联合国非物质文化遗产……"

泰顺是廊桥之乡,境内有几十座古老的廊桥,但是素秋那时并不知道廊桥到底有多么美。稀奇吗?素秋在泰顺,时不时扭头就能见到一座廊桥,她只觉得平常极了。在廊桥文化园里,有号称"世界最美廊桥"之一的北涧桥,上班后,她天天要走过那座桥,也天天要看到那座桥。

那年素秋刚毕业,她多想留在外面工作呀。她的很多同学都愿意选择城市的生活,毕竟城市里工作机会多一些,生活也更丰富。找一家不大不小的公司,上着朝九晚五的班,休息天呼朋唤友逛街看电影,很多年轻人都是这样的,日子过得很潇洒。素秋一开始也不打算回老家,反而是家里人不放心,左催催,右问问。尤其是爷爷。爷爷年纪大了。爷爷说,老家好啊。素秋听爷爷的话,就回来了。

九月山里凉起来。那一年,县里刚好要招事业编制的讲解员,素秋学的是旅游管理,就去考了。一考,就考上了。那时候,泰顺的廊桥文化园要创4A级景区,正缺人手,没过多久,她就和新考上的小玉一起到岗上班了。

深秋乌桕叶红,她对着廊桥背解说词,一边背,一边钻到桥底下去看桥拱的奥秘,时间一长,她也觉得廊桥越来越有味道了。

讲解时紧张的情景就像是昨天发生的一样。但是一晃,却这么多年了。关于廊桥的那些解说词,她到底讲过多少遍呢?素秋是不记得了,她只是一遍遍向不同的人讲。

其实,当讲解员还真不是那么容易的。不同的游客,会问出不同的问题,比如说,有的人问的是历史上的事情,有的人问的是建筑学上的事情,她不知道答案,如果要给出答案,只有去翻书,或者去请教懂桥的专家,这样下次有人问到同样的问题,她就能答得出来了。就这样,渐渐地,素秋也变成半部廊桥"活字典"了。

空下来的时候,素秋还是喜欢跑到廊桥上去坐一坐,吹吹溪上的风。素秋不晓得她会在这个廊桥文化园待上七年。跟北涧桥相伴的那些时光,是素秋的整个青春岁月。许多年过去之后,2019年,素秋担任了廊桥景区中心副主任。

2021年秋天,天气凉爽的时候,素秋带着她的宝宝到廊桥文化园逛一逛,她跟三个月大的宝宝说,你看,这是妈妈工作过的地方,美不美呀。

宝宝还不会说话,只会高兴地踢腿挥手。素秋也跟着宝宝一起笑起来。

娃出生之前,她换了一个岗位,担任泰顺氡泉景区的主任。新岗位上，工作任务更重，不过，素秋一直有个心愿——她要把泰顺的每一座廊桥，都走上一遍。

（三）

董直机没有想到，在自己的晚年，还有人因为造桥往事来寻找他。

被人"找到"的那天，他年已79岁，但是看起来仍精神矍铄，神采奕奕。

了解泰福桥的建造情况后，来者忐忑地询问老人是否还能建造编梁木拱桥。

老人淡定地表示，自己完全掌握此门技艺。并且，如今依然把造一座编梁木拱廊桥视为毕生梦想。

13岁那年，少年董直机在闽北寿宁亲戚家中做客，当时一个叫杨梅洲的地方正在修建一座廊桥，董直机慕名前去观看。在那里，他看到一位70多岁的建桥师傅，用木滑轮和架子将一根根重达千斤的横梁架到半空中。

好奇心驱使着董直机，一连十多天都跑到工地上观看。

董直机聪明伶俐，也很勤快，就在工地上帮师傅递工具打下手。造桥师傅喜欢他，教了他一些造桥的技术，董直机把建桥过程、工序都牢牢记在了心中。从那时起，他的心里就孕育着一个念头，将来也要建一座漂亮的廊桥。

为了实现心中的愿望，17岁那年董直机开始跟着师傅学做木匠。跟着师傅苦干三年出师，始终没有机会修建廊桥。每当他说起建造廊桥的想法时，村民们谁都不相信——一个年纪轻轻的小木匠能建廊桥。老一辈的木工师傅则对他的想法不屑一顾："我们都难以实现，你还有这个能耐？"

一个木匠安稳的日常，是晨昏之间挑着家什担子，行走在漫长的村庄古道上，从一户人家到另一户人家。每一个东家都有不同的造屋木工活要做，做完一家活可能要十天半个月。木匠把上一家的活做完，再到下一家，开始同样的历程。

董直机也是如此。他把自己造廊桥的愿望埋在心底。他早已能独立担当木构大屋民宅的建造，并承揽村民需要的此类木工活以谋取生计。直到24岁那一年，离村尾村不远的上洋村要建廊桥，找遍了附近的木匠，没有一个人能胜任这份工作，于是，有人找到了董直机。

接到建造木廊桥的邀请之后，董直机激动得一夜没有睡好。一座廊桥跨于山水之间，木匠手中一根墨斗线，弹起来却很难。差之毫厘，失之千里，建造廊桥在历史上不乏失败的先例。一次建桥的失败，以致一个木匠一生之中都抬不起头来,他的技艺不再能得到乡人的信任,职业生涯将毁于一旦。还有什么比这更糟糕的事呢?因此,很多木匠不会轻易去挑战这种高难度的动作。但是,对于年轻的董直机来说,这些困扰都不存在,他等待这一个机会已经很久了。

1948年,在泰顺山野之间,一座石拱廊桥,终于如他所愿出现在上洋村,并且得到人们赞许的目光。这座桥造型典雅,身姿优美——这就是泰福桥。泰福桥的建造过程,有非常丰富的民俗活动,选栋梁、择吉、祭木工神、祭梁神、抛梁等,每一道程序都充满了人们对吉祥和福祉的期望,也寄托了乡民们对美好生活的追求。

泰福桥建成了,董直机还是留下了些许遗憾。原本的修建计划里,廊桥有两层廊檐,桥屋有11间。可是当时为了减少开支,首事中途改变了修建计划,将廊檐改成了一层,11间的桥屋改成了9间。这在一定程度上,削减了廊桥的气势。

而最为遗憾的是,泰福桥的廊屋是修在石跨梁上的,而非悬空而架的木架梁。他为没能亲手体验搭建木廊桥的跨梁而耿耿于怀。

此后的数十年,董直机再也没有机会展示他的技艺。雪藏了绝世武功的"大侠",就这样在平凡的日常里蛰伏下来。无数普普通通的日子,细密的生活掩盖在他的身上,将他从一个蓬勃的青年装扮成一个寻常的老头。

人生里那些高光的日子，什么时候才会被重新打开，绽放光芒？

当79岁的董直机被工作人员找到的时候，他内心的火焰依然被点燃了。彼时，这位唯一健在的、尚能建造木拱廊桥的民间匠人，把来人领到村尾村村口。

那里正是千年古道岭北方向的道口，苍松掩映，风景极佳。他从小就听人说，这里以前有座明代的同乐桥，清末时毁于洪水。原先还有一块记载建桥之事的石碑，现已无处可寻。桥毁后，村尾村也一直无力集资重建廊桥。

站在河边，老董司说，这辈子，要是能在这里重新建造一座同乐桥，那就此生无憾了。

（四）

一把斧头，在曾家快手上耍出花来。

家快拎的是一把十斤重的大铁斧。他用这么重的一把斧头干啥，一般人想不到。家快拿着十斤重的斧头就像拿着一把削笔刀，丝毫不显笨拙和吃力，他在摄像机前运斤成风，手起斧落，唰唰唰，唰唰唰，鸡蛋壳纷纷掉落下来。不一会儿,一颗光洁娇嫩的鸡蛋就剥好了,居然丝毫未损。

也正是那一次,家快赢得了一个"斧头王"的称号,在中央电视台《状元360》节目里。

不,家快不是卖茶叶蛋的,他是个木匠。不仅他是个木匠,他家三代都是木匠。这么说吧,这就是木匠世家。只是跟一般做家具、农具的小木匠不同,家快是大木匠,是上梁装架、造房子的人。家快从18岁开始,就跟人学做大木匠了。

学木匠的人,最初的想法大多一样,就是学一门手艺,好养活自己,也养活家人。是从什么时候开始对廊桥感兴趣的呢,家快都有点记不清了。反正打小他就生活在廊桥边,每天来来回回都要走过那座北涧桥。

北涧桥,对,就是那座又高又大的"世界最美廊桥",家快好奇——这桥是怎么架到河上去的呢?这好奇一直伴随着他从少年长成青年。

29岁,他看到很多游客来看廊桥,也有很多专家教授来参观廊桥,他也更感兴趣了,就开始琢磨廊桥。他把北涧桥的每一个部件都画了下来。然后,又用一堆小棍子,依样画葫芦地搭了一座一米多长的廊桥模型。虽然只是模型,但桥的每一个构件、每一个穿插,都依照原样,丝毫不含糊,整座桥都用传统的榫卯结构来完成。

这个模型做出来,很多人看到都愣住了,原来还能把廊桥的模型建得这么好啊!

能建廊桥,家快却没有用武之地,哪一条溪,哪一道路,需要一座廊桥呢?后来巧了,有个单位,说愿意出资九千元,让家快去建一座真正的木拱廊桥。九千元,那时也不是小数字,家快也没有辜负人家的信任,果真用这笔钱建了一座小廊桥出来。

廊桥建在不远的南溪上,溪不宽,桥也不长,十米多些,七米高,三米多宽。这只是一座袖珍的廊桥,也是家快负责建造的第一座廊桥——对于家快来说,他需要一座更大的舞台。

两年后,他终于又有了一个机会,在衢州有一个叫黄土岭的村庄,为了发展乡村旅游,想造一座木拱廊桥作为景观,他们看到新闻,就找到了家快。两个月时间,家快就完成了这座桥总共一千五百多个木构件的制作。然后,用车运到当地组装。那么多的构件,大到桥苗,小到橡子,就两个人爬上爬下,安装完成之后,没有多出一个构件,也没有缺少一个构件。一座廊桥,造价十多万元,清清秀秀的,就在黄土岭的山野之间架起来了。

建廊桥,不是一件容易的事情。很多人都觉得这门技术已经失传了。那些年里,家快也不知道谁会这门技术。他也是很多年后,才认识了廊桥建造大师董直机。或者说,是很多年后，董直机才被人们从乡野之间找寻出来。

2004年，曾家快正式拜董直机为师。

（五）

董直机心心念念了一辈子的同乐桥，于2004年9月开始建造。

一座桥，是老人家一生的夙愿。

建一座廊桥所需的费用不是一个小数目。筹措几十万元资金，对于一个没有集体经济收入的小山村来讲，的确困难重重。

也因此，同乐桥的修建工作，比原来想象的困难得多。

2004年8月，在村尾村村主任潘长松的带领下，村委会成员负责筹资，董直机师傅负责廊桥建造技术，众人准备木材，正式动工重建同乐桥。因资金的短缺，同乐桥造了两年多时间，方才竣工。

2006年12月16日晚，村尾村人杀猪宰羊，备下丰盛菜肴，圆桌从村头摆到村尾，为第二天将举行的圆桥仪式做准备。

次日上午九点多，在两个徒弟的搀扶下，董直机以一身木匠装束出现。深色的大衣长裤，身前依然围着干活时用的围裙，右手握着斧头，左手拿着尺子，缓缓走向同乐桥。

圆桥的时候，桥面上还留有一块木板空缺，会在圆桥这一天由绳墨师傅钉上。董直机在徒弟的帮助下，把木板钉在空缺处，此时鼓乐鞭炮齐鸣，同乐桥终于圆满落成。这座桥所在的位置，村民们俗称"锁匙头"，是岭北溪自西向东的一处狭窄水口，桥两岸巨石削立，古木苍劲，风景绝美。

董直机严格按照传统技艺和民俗的要求，来安排每项建筑流程与仪式，这给不少文物和民俗专家留下了珍贵的一手资料。这座同乐桥，后来被定位为1949年之后第一座以传统技艺建造的编梁木拱桥。

2009年6月，董直机入选第三批国家级非遗传承人名单。

三个月后，"中国木拱桥传统营造技艺"被列入联合国《急需保护的非物质文化遗产名录》。

"营造这些桥梁（木拱桥）的传统设计与实践，融合了木材的应用、传统建筑工具、技艺、核心编梁技术和榫卯接合，以及一个有经验的工匠对不同环境和必要结构力学的了解……这种传统的衰落缘于最近几年的快速城市化、木材的减少和现有建筑空间的不足，这些原因结合起来，威胁到了这项技艺的传承与生存。"

老董司终于有了更多建桥的机会，通过廊桥的建造，老董司带出了好几个徒弟。

其中，就包括"斧头王"曾家快。

家快是很执着的人，认定要做一件事，就坚持不懈做好——开始钻研木拱廊桥的建造技巧，他做的第一件事就是把泰顺的每一座古廊桥走一遍，测量桥的各项数据，包括桥长、桥高、主梁数据，甚至每一块主要木构件的厚度。他还把这些数据一一整理，绘制成图纸，有的还做成模型。

十几年前，交通还不是很便利，曾家快几乎是靠着两条腿遍访了山中古廊桥。

廊桥营造技艺的传承，要靠切实的营造过程来实现。从绳墨董直机被人发现，到多人拜师从艺，再到营造团队的成熟；通过古廊桥的修复、廊桥的新造，让传统技艺得到传承，让文物得以复活：泰顺创造了一个很好的经验。

在同乐桥的营造中，董直机将木拱桥传统营造技艺传授给六个徒弟，带出了四个专业从事木拱桥营造的团队，其中省级传承人两人，市级传承人三人，县级传承人七人。

其中，曾家快就是这些传承人的代表。

一座廊桥，又一座廊桥，后来曾家快一共负责建造了十几座廊桥。最远的一座，是在台湾南投。

很多人都以为，建造廊桥一定要在现场，其实不然。大多数的构件都可以在别的地方完成，然后搬运过去搭建。所以，作为绳墨老司来说，尺寸可不能弄错。

2021年6月中旬，我在泗溪镇上曾家快的家中见到他，位于镇街边的曾家一楼已完全变成了工作间，地上墙角堆放着各种机器和木料。墙壁上挂着照片，那是曾家快参与电视台录制时获得"斧头王"称号的情景。曾家快说，这都不足为奇，如果让你练上几个月，你也可以用斧头把鸡蛋剥得很好；只不过，剥鸡蛋到底只是一个噱头，造廊桥才是自己的人生使命。

从一个初中文凭的普通木匠，到修造廊桥的绳墨老司，家快也可谓是当下的一个"绳墨传奇"。

（一六）　见到尤静静的时候，她和丈夫吴海群一起牵着娃已在村口等着了。说好要去看看一边高一边低的文兴桥——她一家人给我们做向导。尤静静是文学青年，经常有写泰顺乡野事物的散文在报刊上发表。她的本职工作，是泰顺农商银行的员工。她的文字很优美，譬如她在一篇文章里写道：

"我起初并不知道秋天的到来，我以为青草垵是没有秋天的，四面的混凝土隔绝了我对秋天的向往，直到今天我再次拿出手机拍大楼时，抬头的瞬间，一片泛黄的树叶从枝头轻轻落下，犹如一只翩翩起舞的蝴蝶寻找停靠的港湾，慢慢慢慢落到了我的手机上，我才惊觉这是落叶给我传递的信息，它说，秋来了。"

尤静静的家在筱村镇，那是泰顺一个风景恬静的地方。在泰顺，许多乡镇还保留着赶集的生活传统，但各个镇赶集的日子不一样，每月的农历初七、十七、二十七是筱村人赶集的日子。尤静静也写过一篇散文《泰顺的"集"》，她写道："在这一天，四面八方的人齐聚筱村，各式各样的商品应有尽有，赶集、逛集，向来是筱村人生活中的一剂调味品。直到今天，即便是大大小小的超市近在咫尺，交通便利，城市与乡郊一步之遥，很多地方撤乡并镇，村庄没有了，庄稼没有了，但集还有，还在，它以五谷的温度，感知时光的流逝。"

丈夫吴海群是筱村镇应急办的干部，不直接分管廊桥的这些事，但身为一个筱村人，有谁不为这些古廊桥自豪的？我们穿过坑边村的人家，穿过鲜花盛开的田野，一起向着文兴桥步行而去。这座一边高一边低的廊桥，雄伟地横跨于玉溪之上，全桥长40.2米，宽5米，单孔净跨29.6米，距水面

11.5米，是一座叠梁式木拱廊桥。走过看过许多座廊桥，这座文兴桥所在可谓风景独好。玉溪上游河面开阔，山影重叠，近处水流潺潺。廊桥所连接的古驿道，有一条长长的陡坡，全为石头铺就。这条小路相当于如今的省道，由于通行的任务已由一条横跨山间的高速路所取代，日益变得宁静寂寞。不过，对于我们这样的访客来说，这却是可喜的，"苔痕上阶绿，草色入帘青"，古驿道旁边的两棵大枫树，见证着文兴桥的故事。

孩子们雀跃着，从文兴桥上奔跑而过。吴海群手指了指附近的村庄，说这是玉溪村，那是枫林村，以前都属于玉溪的；还有那一小片毛竹林，看见了吗，在风中摇曳的那一片——以前正是他家的竹园。可以想见，从前的文兴桥上，众多村童奔跑而过，其中便有吴海群的小小身影，逆光下，桥板上的灰尘扑腾而起；而如今，他的孩子正在廊桥上玩得不亦乐乎。

文兴桥始建于清咸丰七年（1857），民国十九年（1930）重修。关于这座桥，当地流传着很多故事，譬如这座桥的结构为什么这么奇特，一边高一边低？要知道，这种造型的廊桥是绝无仅有的。

吴海群记得一个说法，说是当年建造该桥的绳墨师傅，带了一名当地青年为徒。造桥时，徒弟怕自己负责的一端不牢固，悄悄地多用了几箩铁钉，因此该桥桥身是向少铁钉的方向倾斜的。这个说法，我是不信的。因为廊桥营造的精妙之处就在于不用一颗钉子，全部是用木柱，以贯穿、搭置、别、撑、顶、压的力学原理构架稳固的桥体，作为绳墨徒弟，违背基本原则，做出这样荒唐的举动，不太可能。

还有一个说法，说是当地建桥之时，请来两位师傅，分别从两岸开始建造，因为方案各执己见，互不让步，造到中间时才发现高度不一样，只能倾斜着合龙。

这两个故事，当然，都是人们演绎和戏说的成分为多，真实原因，我想很可能是建设时发生的计算失误。

然而，即便是失误，这也算是一种"失误之美"。

世间之事，大多如此，过于追求完美反而平凡，相反，正因为这样的失误，阴差阳错，才使文兴桥"鹤立鸡群"，成就了自己独特的一种美。

还有一种说法，说文兴桥的左低右高，应该是绳墨师傅的有意为之。因为文兴桥建在溪水转弯处，溪岸"弓背"一边的拱架就造得比对岸的高一些，廊桥也因此形成一边高一边低的造型。

总之，各样的说法都有，孰真孰假也一时无法分辨。就在这样的感叹之中，我们把桥的四面上上下下地看了一遍。尤静静带着孩子在水边嬉戏，溪中巨石错落有致，菖蒲丛生，野趣盎然。吴海群则带我去看守桥人。在文兴桥畔，一直有一位守桥人默默守护着廊桥，延续他母亲一生守桥的义务，续写着古桥永生的传奇。老人住在桥畔的木棚里，与桥相伴一生，不计任何报酬。遗憾的是，那天，我们并没有见到守桥人，可能他是有什么事情出门去了。

这座文兴桥，流传的每一个故事都极为动人。枫林村的一个村民说，当年，为了建造文兴桥，首事王光奕带头把自家的十八亩良田全部卖光，把钱捐出来建桥。桥建好了，他自己最终却不得不以乞讨为生。这故事，让人听了不由唏嘘不已。泰顺这个地方，民风甚是纯朴，乡民乐善好施，廊桥之所以那么多，无非是民众涓涓细流出钱出力，人心凝聚，方成就大事；而一位变卖家产建造廊桥的首事，最终沦落到乞讨的境地，我想，民风不至如此，多是传言有所演绎。

文兴桥建成之后，在世间一百多年历经风雨，于2016年9月15日13时20分左右遭遇"莫兰蒂"。目睹文兴桥水毁之时，许多人怆然落泪。

洪水稍退，下游万众一心寻找廊桥木构件，把九成以上的木料都运了回来。那么多村民，他们曾从这座桥上走过，他们的脚记得每一根木料。所有捧回木料的人，眼里都闪烁着泪花。

文兴桥的修复，最终落到了廊桥营造技艺传承人曾家快的肩头。包括季海波等非遗专家在内,大家全力以赴。社会各界捐资捐物,群策群力。

最终,历经一年,被洪水冲毁的文兴桥得以复活。修复后的薛宅桥、文重桥,也重立于浙南大地。2017年12月16日上午,文兴桥的圆桥踏桥仪式在筱村镇举行,曾家快执锤钉上最后一块桥板。

文兴桥圆满重生的那一天,尤静静也站在人群之中。那一天,四面八方的人都来走一走文兴桥,都来摸一摸文兴桥;那一天,所有来的人,脸上都挂满了笑容,眼神明亮有光。

(七)

曾家快后来自己也成了"老司"。

对他而言,最大的考验就是修复2016年被洪水冲毁的文兴桥。这座古老的廊桥有着奇特的结构,桥身一边高一边低,倾斜的结构使得它成为独特的存在。

薛宅桥、文重桥、文兴桥三座"国保"廊桥被洪水冲走的一小时内,泰顺县文物部门立即通过微信平台,向社会发布了《关于收集被毁廊桥木构件的紧急通告》,呼吁广大干部群众在确保自身安全的前提下,收集被洪水冲走的廊桥木构件。

两天后,三座廊桥的95%以上大构件、85%以上中构件基本找回。

2016年11月底,国家文物局批复立项,泰顺十座"国保"廊桥(包括被冲垮的三座廊桥)列入了修缮范围。国家文物局在批复文件中对廊桥修复提出了明确要求:遵循不改变文物原状、最小干预等文物保护原则,保护文物及其历史环境的真实性和完整性;明确水道整治、建筑拆除、路面修整的具体范围,确保文物本体与周边景观风貌相协调。

2017年3月25日,三座"国保"廊桥同时启动修复,分别由三位技艺精湛的非遗传承人主要负责桥本体部分——郑昌贵负责"归位整理"1000多个木构件组成的薛宅桥,曾家快负责"归位整理"1200多个木构件组成的文兴桥,赖永斌则负责800多个木构件组成的文重桥。

救桥大如天。

曾家快把手头所有别的事都暂停下来,全力投入文兴桥的修复工作。

修复这样一座结构奇特的古廊桥,技术难度大为增加。此外,廊桥原木构件保存着较多历史信息,特别是廊桥各构件的榫卯关系体现了古代工艺水准,因此要尽力做到修旧

世间之事,大多如此,过于追求完美反而平凡,相反,正因为这样的失误,阴差阳错,才使文兴桥"鹤立鸡群",成就了自己独特的一种美。

〔图五〕文兴桥

岭北溪,溪回路转,民居沿水分布,错落有致,宁静恬然。
宛如天工图腾一般的廊桥,与一个一个村庄聚落里人们的精神世界相连。

〔图六〕岭北古村落

〔图七〕泰福桥

〔图八〕曾家快在新造廊桥

如旧。

这一点，也是文物专家季海波等人强烈坚持的——如果廊桥的原木构件更换过多，就失去文物的真实性和完整性。

所以，文兴桥的修复，尽可能利用重新寻回的原木构件，对残损木构件进行加固处理。但有些时候，曾家快更要对一座桥的安全性负责。如果经过判断，某一些重要部件已经损坏，无法再继续使用，他会要求更换。有的部件虽有损坏，但用"墩接"和"巴掌榫"的方式，替换一段新料再作加固，还能继续承担重任的话，也尽量保留原构件。

最难的是，如何保证重修后的文兴桥仍然是一边高一边低的样子。

如果新造一座廊桥，并且按照正确的比例造出一座完美的廊桥，对于已经成功完成十几座廊桥新建的曾家快来说已经不成问题。但是，要按照前人的无心之举，复刻出一座一模一样的廊桥，难度无疑大了许多倍。如同顽童率性在白纸上涂抹了一笔，天真烂漫，一挥而就，而别人想要复刻出那一笔来，却须精雕细琢，一丝不苟，尤为不易。

这时候，文物专家季海波老师的较真精神，在这里体现得淋漓尽致。他找出了多年前拍下的许多照片，站在同样的位置，以同样的镜头、角度，拍下同样的照片进行比对，来确认正在修复的文兴桥与原桥无异。因为这样的"锱铢必较"，季海波与曾家快甚至还一次次争论，双方从各不相让，再到说服一方，达成共识。

曾家快面对1200多个木构件，将每一块构件进行登记整理，再对它们作出客观的评估，让每一块历经沧桑的木料都能各安使命。

桥上最重要的受力部位是三节苗、五节苗，这里的老构件存在极大的安全隐患。经过反复讨论，专家们终于决定更换成新的木料。曾家快对木料的要求很高，必须使用五十年以上树龄的柳杉木。这些木料隐藏在云海深山里。乡民们与曾家快一起，跋山涉水，从深山里寻找、采伐符合要求的树材回来，再按照老料一模一样的数据斫成构件。

木屑纷飞，汗水滴落。光阴流逝，古桥重生。

2017年8月17日，文兴桥上梁。

2017年12月16日，文兴桥圆桥。

93岁的绳墨老董司已无法行走。他只能坐在轮椅上移动，再也无法去往更远的地方了。在修复文兴桥的过程中，曾家快也好几次来看望师父。

也许，师父一生对于廊桥的执着精神，也正是给他源源不断的动力所在。

2018年4月19日下午，绳墨老董司故去，享年94岁。

人们说，老董司在生命即将走到尽头的时候，给大家留下的最后一句话是"相见无期"。人们愿意相信，老董司一辈子对廊桥的痴情，以及他建桥一生所积的福祉，早已架设好通往天堂的美丽虹桥。

（八）

在泰顺寻访廊桥的途中，许多人会提到"周老师"——"有一位周老师，很热爱廊桥的……"

周老师其实是一位小学老师，从泰顺县凤垟乡中心小学离休后，他自费筹建廊桥文化展厅。素秋也向我们介绍过："周老师呀，他十几年都守着我们的廊桥，义务给大家做讲解员，接待了省内外以及来自几十个国家的一百多万名游客……"

2021年6月，温州市区。在老周女儿晓敏的家中，我见到了这位传说中的廊桥守护者。为什么会想到自掏腰包建廊桥文化展厅呢？老人说，那时候刚离休，廊桥也热闹起来，很多人不远千里跑来看廊桥。但是廊桥美在何处，很多人又是一头雾水的。如果不解其中奥秘，只是走马观花，终将是与我们的瑰宝擦肩而过，留下很多遗憾。正因如此，老人当时萌生了一个想法，要建一个廊桥文化展厅，把廊桥之美展现出来。

泰顺廊桥之美，其实不只是风景照片那种视觉的美，这些隐藏在崇山峻岭之中的古老建筑物，最大的魅力在于结构。木材交叠，互相穿插，榫卯嵌合，体现了古代工匠们的聪明才智和高超技艺。廊桥是前人留给我们的文化遗产，经过数百年时间的洗礼，凝集了生活实用以及科学、历史、文化、艺术等多种价值，可以说，一座廊桥，就是泰顺当地历史文化的一座记忆宝库。

也正因如此，从2002年上半年开始，老周就开始筹备廊桥文化展厅。他搜集资料，落实场地，学习讲解知识。老周说，泰顺人过去不好意思说自己是泰顺人，因为泰顺很穷，但是，其实泰顺这样一个地方，足以让每个泰顺的子女感到自豪，因为泰顺有无数的宝贝，只是藏在深山人未识而已。

刚开始筹备廊桥文化展厅时，老周约了五六个退休干部一起搞，结果没想到，这事如此烦琐、漫长、辛苦，其他人不到一年就全部退出了，只剩老周独撑大局。

第二年，泗溪廊桥文化展厅终于掀开盖头。这个展厅，面积并不大，只有50多平方米，设施也比较朴素，其中最珍贵的藏品，便是老人家花了14万多元搜集到的20多座廊桥模型。

这些廊桥模型甚为精细，囊括了全国最为著名的一批古廊桥，按其结构原理微缩呈现出来。为了准备廊桥的解说词，老人家不仅到处走访寻找资料，也向廊桥营造"老司"们讨教，自己动手编写解说文章，制作宣传展板，几乎把所有的空余时间都投在了廊桥上。展厅开放后，老周365天不放假，天天到展厅来，坚持为游客当讲解员，向每一位游客讲解廊桥的历史、结构、工艺等。一天多则十五六次，少则四五次，累计讲解几万次，接待游客上百万人次。

2014年7月1日，85岁的老周在党的生日那天，把廊桥文化展厅珍藏的18座廊桥模型无偿捐赠给泰顺县风景旅游管理局（廊氡管委会），750余份嘉宾题词和墨宝、照片无偿交由县档案局收藏。捐赠会上，他深情地说："十几年的讲授让我获得了许多乐趣，现在我已年迈，将这些珍藏的物品捐赠给党和政府，是为了更好地实现保护管理，让更多的人能够了解泰顺廊桥。"

把自己珍藏的宝贝捐赠出来，主要还跟他年事已高有关。年纪大了，难免有些小恙，有时住院休养，子女也不放心再让老人太辛劳。

女儿晓敏，是一位主治中医师，喜欢在朋友圈里晒老爸的日常生活。那天她就聊起一件事。按照政策，有关部门给每位90岁以上的老人每月发放100元钱作为补贴，对100岁以上的老人家，每月给500元。老爸身份证上的年龄登记错了，比实际年龄大，去年，有关部门的同志把钱送来了，结果老周偏说不行，身份证上印错了，钱得退回去。

邻居们劝说，错就错了，不是你有意搞错，是公家的错，也犯不着让办事的工作人员为难，给人家添多少麻烦。但老周还是很坚持，硬是要退。

"明知道是错的，我怎么可以将错就错？"

老周说，我不能占国家的便宜，该拿的拿，不该拿的一分钱也不能要。

其实老周一辈子，真是十分坎坷。我坐在老人家对面喝茶，老人家缓缓讲述过去的故事。比如上世纪60年代，他逃荒跑出去行医，一路流落辗转在江西、福建等地山区。有时无处落脚，但凡有个屋檐，有个草垛，也将就蜷缩过夜。为了学习医术，他到了永康，跟一位田医生借了一本医书，买了四支蜡烛，连夜点烛抄书，一夜没睡，第二天八点半上门把书还给人家。

"跟以前那种日子相比，我现在可不是过得太幸福了吗？"

老周乐乐呵呵地说，从前当过兵，行过医，教过书，什么苦都吃过了，后半生过得这么幸福，是真心想为家乡出一份力。他后来到杭州休养期间，还在儿子帮助下，在杭州也办起了廊桥文化苑，继续为泰顺廊桥做宣传。

晓敏说，老爸爱廊桥，其实是爱家乡，是最朴素的家国情感。现在老爸年纪大了,不能天天去廊桥边上守着,但是还一样牵挂廊桥,没有一天闲着。

每个人都会老去,从某种意义上来说,老周跟过去的造桥人、守桥人一样,都在做着普通却意义非凡的事情。人的生命有限,正如廊桥的寿命一样,但历经沧桑,久经风雨,生命存在的价值,远比其本身更加深远。

人在,桥在;桥在,梦想就在。这是一句许多泰顺人都知道的"口头禅"。廊桥这些古老的事物,落在大地上,真是造福泰顺子民,它们坚定且沉静,使人内心安宁,使人能在琐碎喧嚣的日常之外,想到星空,想到高处的神灵,进而会去做一些比凡俗的日常生活更加深远的事,让更多的人受益,安宁幸福。

《浙江日报》报道——

本报讯(记者 钱祎 王艳琼 县委报道组 陈祥磊) 2月23日,台湾南投县集集镇清水溪上,来自浙江的"泰顺廊桥"举行"圆桥"暨项目交接仪式。这是

(九)

浙江首次于温州以外兴建的木拱廊桥，也是台湾首座木拱廊桥，意味着两岸文化交流合作再添新成果。

该桥由浙江省非物质文化遗产保护协会、温州市半屏山两岸旅游经贸文化发展促进会、泰顺县廊桥文化协会共同捐建，总长43.5米、桥跨28米、桥宽5.5米，采用三重檐结构，两端桥头设亭，完全采用木拱桥传统营造技艺施工建设，历时数月建成。

"建桥材料全部由温州运到南投再搭建组装。整座廊桥以木拱结构为主，桥身以榫卯结构搭建，没有使用一根铁钉。"泰顺县木拱桥传统营造技艺省级传承人曾家快说。

"'泰顺廊桥'架起了两岸文化交流合作的连心桥。"温州市非遗中心副主任季海波说，以廊桥为媒，两地文化交流将进一步深化。

对于"斧头王"曾家快来说，这座桥意义不一般。

从筹备到完工，从纸上到落成，曾家快共有六次台湾之行。

跟他一起建桥的八位工匠，也都是泰顺人。虽然在台湾时间不长，但大家都对这片土地有着别样的情谊，这期间的点点滴滴，令曾家快难以忘怀。

那时候，曾家快已经对廊桥的营建技艺熟稔于心。也许是二十多岁时多看了廊桥几眼，曾家快的人生就这样被廊桥改变。每一座后来他在大地上呈现的廊桥，都首先在他的心中构建起来。每一根构件如何架设，如何穿插，哪一根构件是多少长度，合龙之后是多少宽度，每一个数字都在他的心里。

他是一名桥梁建筑师——成桥在胸。

作为泰顺廊桥营造技艺的传承人之一，曾家快和他的师父董直机一样，将自己的名字写在高高的桥梁之上——"绳墨：曾家快"。

笔墨力透木材，渗入纤维内部。随着时间的推移，一座廊桥在世间留存一二百年甚至更长时间，绳墨的名字也将随之留在世间，跨越漫长的岁月。

每一位绳墨都有自己的技艺秘密，在一座廊桥完成组装之后，那些秘密就将永远地封存于廊桥的内部。只要不拆开来，人们就不可能轻易地发现。有时候，可能是榫眼的角度与独特的榫卯设计（譬如倒钩型的榫卯）；有时候，可能是一个秘密的架设技巧（中间的某根梁柱居然可以被悬空）；有时候，可能是灵机一动的应变（绳墨不会把这个秘密透露出来）。总之，这些秘密将被封存起来，直到一二百年之后，在某个特定的机缘下，被打开，被发现，被探讨，被争论，被传播，或者，被怀念。

这是一条漫长的道路，参与其中的人都需要耐心。

所有的构件，每个构件的长度和宽度，其实在架设之前已经确定。他们在木材运抵现场之前就已经加工制作好，到了现场，只要把每一个部件像积木一样搭建组装起来，然后，到了最关键的一步，合龙。

对于泰顺廊桥的绳墨们来说，每一次廊桥的合龙都会让他们心情激动。对曾家快这样的"老司"来说也不例外。泰顺廊桥通常采用"碰撞"合龙，即用木制的"升降卷扬机"将拱桥两边部件拉起，由绳墨操作，碰撞对接。

据说，以前建廊桥时，经常发生合龙错位、部件掉到水里的情况。绳墨们都听说过那个故事，即三魁镇的薛宅桥在历史上曾发生过合龙失败而坍圮的状况，构件尽数落入水中，工匠们亦随之落水，也有人受伤。因为合龙是选好时辰的，一旦错过就要另选吉时。而绳墨师傅往往会因为合龙失败，觉得丢面子或不吉利，而辞去绳墨位置。

但曾家快对每一座廊桥的构建都有足够的信心。

位于台湾南投的这座廊桥，也是他自己创造的一项纪录——世界木结构单孔跨度最大的木拱廊桥。

现场围观的许多人都说，从来没有见过桥还可以这样造的，也没有见过桥还可以造得这么美的。

每造完一座桥，曾家快都有一种奇特的感受，似乎又有什么东西已经发生了改变。他隐隐相信——只要大地上的桥足够多，那么，世上所有的道路都可以被连通。

（十一）

在筱村的文兴桥靠近山岭的一侧，有一间低矮房屋，那是守桥人的居所。

始建于清代咸丰年间的文兴桥，在建成之后的一百六十多年间，常年有人守桥，往往一守就是一生，至今已有三代人。

守桥人就住在桥头小房子里，以桥上设摊、耕作养殖等方式为生。文兴桥在被洪水冲毁之前，桥上设有神龛，常年点着香火，需守桥人来提防失火；有时村民牵牲口过桥，留下污物，也需人及时打扫。

前一代守桥人是一位姓雷的老妇人，据说二十年前她带着儿子蓝振城来到这里。后来，名叫蓝振城的年轻人接替了母亲的职业，将桥畔窄小的泥屋当作了自己的家。二十年过去，没有哪家姑娘愿意嫁给家徒四壁的蓝振城。年复一年，蓝振城也渐渐成为一个老者。

守桥人的生活极为清贫，仅靠山间的一点田地和放养在桥下溪流间的一群鸭子度日。但老人家每日清整桥面、擦拭神龛，夏天给过客沏碗清茶，冬日给古道清扫积雪，周而复始，日复一日，他守着廊桥，廊桥也守着他。

在泰顺这个并不富庶的百里岩疆，人们对廊桥有着极为虔诚的信仰。廊桥几乎是融入当地人血液的一个精神家园。

村民说，1998年玉溪也发了一次大洪水，文兴桥在洪水中摇摇晃晃。上游冲来一棵大树干横在桥中间，对桥造成了极强的冲击力。村民们见状，便跪拜祈愿，给桥上的三座佛像上香。后来，洪水退去，文兴桥保下来了。在村民们看来，仿佛冥冥之中有神灵在护佑着廊桥的平安。

泰顺的廊桥，大多兼有官庙的功能，为民间祭祀提供了独特的场所。廊桥神龛里供的神，也并不统一，有佛教的观世音菩萨，也有道教中的门神神荼和郁垒、尉迟恭与秦琼、五显灵官、土地公公等，还有能给读书人带来好运的文昌帝君、帮人发财的财神爷等，除此之外，亦有地方神灵如临水夫人陈十四娘娘、马仙姑等。

民间祭祀没有专门的仪典，风雨廊桥便成为最方便的场所。一般农历每月初一和十五，村民都会上桥焚香祭祀。正月里则是祭祀最为隆重的时候。乡民们从四面八方汇集于桥上，依次摆放三牲福礼，如黄鱼、鸡鸭、猪头之类，再摆放水果，焚香磕头。香烟袅袅之中，乡民们心意虔诚，默默祈福，既祈求廊桥的平安，也祈求来年的风调雨顺，心想事成。

在季海波看来，廊桥是人神交流、心灵交换的空间。山区人很是弱势，需要神灵的护佑。在廊桥上，各路神仙都可以摆，各路神仙也在一个水平位上，没有高低之分。在这里，村民们求得内心的宁静与安稳。这当然不是迷信，迷信是过于依赖；农村山野的生活，乡民所求，不过是稻麦长得好一些，家人平安一些，种瓜能得瓜，种豆也得豆，如此而已。乡民在廊桥上的神灵面前，从未有过多的非分之求，一夜暴富、飞黄腾达，诸如此类过于缥缈无着的想法，乡民会耻笑，神灵也会不屑一顾的吧。

有了廊桥，人们愿意用自己的全身心去守护廊桥的平安。反过来，廊桥也以一种特殊的形式护佑着乡民的平安。在这一点上，每一位乡民都是廊桥的守护人，他们守护的，是一颗敬畏之心，是内心的信念与平衡。

于是，廊桥在洪水中忽然消失的一刻，在场的每一位乡民都痛哭起来。

有的村民在家里干着家务活，忽然之间抬头，就见汪洋的洪水之中廊桥猝然倒塌，继而消失，泪水就夺眶而出。廊桥日日在你身边时，你不会觉得有多重要，但是桥一下子不见的时候，就像心里的一块地方突然之间空了，人一下子就六神无主，号啕起来。

季海波从小生活在薛宅桥边。他的父亲季桂芳，在泰顺也是名声在外的国家级非遗项目"提线木偶戏"代表性传承人。从上世纪60年代到2016年8月，季海波无数次用目光抚摸廊桥，他的照相机镜头也无数次记录下各种距离、角度下的廊桥。

季海波在泰顺做非遗的保护工作，三十多年间，从民风民俗的纪实摄影，到泰顺非遗的挖掘与保护，他把泰顺的角角落落都走了个遍。三座"国保"廊桥在洪水中倒塌的一刻，他哭了。

仅仅几天，季海波的头发一下子白了不少。

接着，他全部身心都投入到了廊桥的修复上。他带领廊桥营造技艺的非遗传承人团队，先对寻回的廊桥构件做甄别、归位、防潮防虫等处理，之后又研究如何进行结构复原。几乎每天，季海波都会往返于三座"国保"廊桥之间。当年在泰顺县文化馆担任专职摄影师时拍下的廊桥照片，为修复提供了大量的素材。

他性格刚毅，为了廊桥修复执拗到底。他坚决要让修复后的廊桥与照片上的一致，光是薛宅桥的桥台，就返工了三次，文重桥返工了五次。桥台修砌工人被他"气"走了好几批。

2017年10月,泰顺三座"国保"廊桥全面修复成功,以季海波、曾家快为代表的泰顺廊桥修复团队,获评为当年"感动温州十大人物(集体)"。季海波被评为2018年"中国非遗年度人物"。有人评价季海波:"一辈子痴迷于廊桥,是廊桥的研究者,更是廊桥的守护人。"

犹记得,文重桥完成修复圆桥的那一天,大家要季海波上去发个言。说什么好呢,那天刚好下了一点雨,海波开口:

"今天下了点雨……"

才讲了一句,便想到修桥的历程,雨水打到身上,他的眼泪就落下来了。

这一次,他的泪水不是为廊桥被冲毁而落,而是为乡民们共同守护精神家园的情感而落。

"有雨有水,才能有桥。因为有桥,才有我们的千年守护……桥为水而生,也为水而逝……"

他讲到这里的时候,眼前浮现出的是一个个乡民的面孔——是日复一日在北涧桥头卖茶叶蛋的老奶奶;是洪水尚未完全退却就奔走在下游打捞廊桥构件的乡亲;是眼看着文兴桥被冲走而满脸悲怆,看到文兴桥重现大地而欣喜若狂的守桥人;是风雨无阻连续拼搏好几个月的绳墨师傅、石匠、瓦匠、漆工们;是那已经故去了的造桥的"老董司"们;是大半年里每日都要来看一眼廊桥变化的老爷爷老奶奶;是在异乡打拼、遥望故乡廊桥的无数游子……

还有，是的，还有很多很多的面孔，他说不清楚了，看不清了，泪水爬上了他的脸庞，他觉得自己，也不过是这芸芸众生里需要神灵庇佑的普通一个；是无数的守桥人里，愿把自己的一生投入进去的普通一个。

风不死，水不死，桥不死，精神家园便能永存。现在，几十座古老的廊桥依然驻守在大地上，停留在这方土地上人们的目光里。

而无数的守桥人，非是为眼下的自己守护着廊桥，他们乃是为一百年、二百年，乃至五百年、一千年之后的人们，守护着这廊桥。

古老的东西,将散发与之相配的幽静沉寂的色调,
如同爬满斑斑锈迹的铜花瓶。

〔图九〕文重桥

〔图十〕同乐桥

站在河边,老董司说,这辈子,要是能在这里重新建造一座同乐桥,那就此生无憾了。

四 时间的消息

鸟在山间鸣唱,
带来时间的消息。

....题记

（一）　乡间小路弯弯绕绕，车上导航几次把我带到路穷水尽处。艰难倒车出来，重新踏上另一条路，直到眼前出现一座安静的小村庄。四面森林田野，溪流穿村而过。山谷中间的村庄，暮春的气息里飘荡出隐约的草木香气。

我拨通吴学养的手机，他说在一座桥边等我。"转过几座房子，看到几棵大树，一拐弯能看到一座新的廊桥。"

在浙南泰顺县雅阳镇雅阳溪自然村，这小小的村庄里有两座廊桥。老桥叫普宾桥，建于嘉庆道光年间。那是一座木结构的平梁廊桥，长13.60米，桥屋宽4.25米，跨径8.54米。这座古老的木桥在2006年被列为全国重点文物保护单位。在距离老桥100多米远的地方，新建成的这座廊桥叫永和桥，建成于2021年。这是一座秀美的三重檐木拱廊桥，宽度5米，单孔跨度12米，桥的两头还各连接着一座两重檐的桥亭，整座廊桥长大约40米，气势恢弘地雄踞于溪涧之上。1981年生的吴学养建造了这座巨大的木拱廊桥。它与一旁的古老大樟树及远近村庄相映成景。

桥不动，溪水云影在动。

鸟在山间鸣唱，带来时间的消息。

我和年轻的古建与廊桥营造技艺传承人吴学养在桥上相见。他指给我看那些精致的木构件，讲解这座桥与别的廊桥的异同之处；他把一根粗大廊柱的底座推开，那根柱子居然悬空而毫无问题。来自不同名家的题词悬挂在桥的高处，传达出人们过这座廊桥时赋予的美好祝愿。

有老妪满头银发，拄一拐杖，颤颤巍巍来到桥头，抚摸廊柱。

"这是我的奶奶，今年刚好一百岁啦。"吴学养说着，上前搀扶老妪。老人家听不懂普通话。她每天都会出门来走一走，一定会去看一眼古老的普宾桥，也会摸一摸崭新的永和桥。从前，她是老桥头茶亭里的"守桥婆婆"，守护廊桥的同时也给来往行人烧水煮茶。转身之间，晨昏交替，时光不觉就已老去。

溪与山、树与桥、人与自然，仿佛在此形成对话。一座老桥，一座新桥，中间隔着一百多米，也隔着两百年的时光，两座桥仿佛在此完成了某种穿越时空的连接。

在这座偏远的小山村里，前一代人与后一代人，这一代人与下一代人，也仿佛在这条流水潺潺的雅阳溪上，完成了一种精神的传递。

（二）

　　吴学养没有见过的事情很多——他在这座村庄里出现的时候已经很晚了。

　　普宾桥最为热闹的时光，他当然不曾见过。他把我们带到普宾桥上，那座廊桥的木头地板上留下了光滑的痕迹，那是无数行人用脚底磨出的印记。木板上有些地方留下了深浅不一的圆窝，那是面容熟悉的过往挑担客在桥上歇息时，扁担支地而留下的印记。桥头古道，青色条石铺地，石头也被两百年间走过的无数行人的脚掌磨得极光滑。

　　这条古道上，曾行走过多少人啊。

　　廊桥南桥头的几间简陋驿站，又在风雨中接纳过多少疲惫的挑担客。

　　这里是方圆几十里的交通枢纽，也是人来人往的物流中心。这条路，便是沟通浙闽两省的"桐山大道"（福建省的福鼎市古称桐山），从浙江省的泰顺县，通往福建省福鼎市，普宾桥便是这条交通要道上的重要节点。用现在的话说，这就是一条国道——国道上的普宾桥，建造时曾得到泰顺、寿宁、桐山、平阳、柘荣等两省五地群众的捐助，因为两省五地的人，都得打这儿过呀。

桥是路的一部分。泰顺山高路远，交通不便，许多货物都得靠双肩挑进挑出，廊桥便是古道上的挑担客歇脚的地方。歇脚的人多了，自然就有了集市，有了交易。农忙一过，桥头搭出戏台，做木偶戏的人在此演出，每天下午和晚上都有戏看，一时之间，热闹不已。

吴学养说，奶奶当年在这里烧茶给路人免费饮用，所居的茶亭也是群众捐资助建的，当时建桥的钱还没用完，工匠们顺手就建了一座双层的木茶亭。那时挑担客真是辛苦，从桐山出发，要一天一夜行程，一百五十里路走完，才能到达罗阳。为了赶路，中途不能有长时间的休息，只能在茶亭和廊桥休憩一时半刻，茶亭有一大碗茶水可饮，自然是雪中送炭的好事。

那时候，吴学养的爷爷生了病，不能做什么重活，奶奶便在桥头茶亭烧水施茶，给来往行人提供便利。茶水是免费的，为了糊口，奶奶再做些当地小吃九层糕来卖，行人饿了渴了，喝两碗茶，吃几块米糕。货物必须及时送到目的地，挑担客挑一担货物，最少一百多斤，从桐山挑到罗阳，大约有五块银元的收入。挑担客干的是长途跋涉的重体力活，生活的艰辛可想而知，也舍不得花费太多，花几个小钱填个肚子,歇了歇,力气回到腿脚上,便又重新挑起沉沉的担子赶路去。

奶奶免费施茶,爷爷不能干重活,家里的稻米维持生计都困难,更别说做九层糕了,怎么办呢——村民们自有朴素的办法。农历八月收稻谷,奶奶就拿个竹篮子,去附近几个村庄捡稻穗。那时稻米金贵,一般稻子收割完,主人家都要再检查有无遗漏,但是这里的村民们约定俗成,谁都不拾掇,特意留给"守桥婆婆"来捡拾。奶奶把土地上遗漏的零星稻穗连同泥巴都扫回来,晾晒,清理,把谷子碓成米,把米磨成粉,把米粉炊成九层糕。香香的九层糕,奶奶自己不舍得吃,慰藉了多少艰辛挑担客的辘辘饥肠?

奶奶有四个男孩、两个女孩,因为养不起,其中两个男孩抱养给了别人。就是在这样艰难的处境下,"守桥婆婆"靠着起早贪黑施茶做点心,维持着基本的生活。

大多数时候,奶奶就守着桥,望着桥。

你看吧,这座普宾桥上,什么样的行人过客都走过,不仅有商人和挑担客,还有求取功名的士人或江湖游医术士。风雨天气,乞丐在桥上将就过夜;寒冬腊月,官员赶路也会在此借宿。世间的人,谁不艰辛?可都是古道上日夜不息的匆匆过客呀。

奶奶守着桥,望着桥,普宾桥也在守着这一家人,望着这一家人。

直到有一天,很多人不辞遥远跑来看泰顺的廊桥,也来看雅阳溪的普宾桥,吴学养他们才回过神来——原来自己一辈辈人生活里的廊桥,居然是文物,居然有这么高的价值。

吴学养带我们去看普宾桥,也带我们看古道。

现在的古道上啊,人迹罕至,荒草漫道。

只有布谷鸟的声音在山谷里传得很远。

(三)

吴学养是从什么时候开始做木匠的?那时候,他父亲也是个木匠,很早就出门去谋生了。父亲的木匠活做得好,一直跟着人在寺庙里做活。福鼎、平阳,这些地方都去,人家叫他"吴木匠"。寺庙里的古建活儿细,一做就是两三年。三个寺庙做下来,就是十年过去了;几个寺庙做下来,一辈子就过去了。

吴学养十二岁出了门。小学没有毕业,出去弹棉花、打棉被。弹棉花、打棉被是下半年的营生,上半年还得做别的营生,啥活儿都干。1994年,他去了温州机械厂做工。过了两年，又去做印刷厂小工。十七岁去了泗溪，跟着姨夫学木匠，做古建。姨夫名叫包松庆，今年也九十多岁了，年轻时长年在福建福鼎、浙江泰顺这些地方做寺庙古建。那时候，木匠师傅缺呀，木工很吃香。也没有什么门路，父亲跟姨夫说，要不就让学养跟着你，混口饭吃吧。就这样，吴学养做起了木匠。姨夫在东安里头的一个村庄做事，给一个观音阁做藻井。那时候做事情哪有什么机器帮忙，都是全手工的，一个师傅一个藻井做下来，就得花上一年时间。

跟着师傅一起干活，吴学养又给临水宫做起了维修。道观宫庙和廊桥之类的古建筑，维修是很要紧的。一帮师傅一起做，有时三四个人，有时六七个人。以前做事，吴学养记得很清楚，通常都是村里人轮流管饭，也就是说，木匠师傅们吃的都是"百家饭"。吃饭的事，由首事张罗。明天谁家管饭，后天谁家管饭，首事一桩桩安排好。木匠师傅在谁家吃饭，做木工留下的木屑就留给谁家用了。

维修北涧桥对面的临水宫时，首事很上心，还派了村里的一个老人家，每天晚上来给吴学养他们讲故事。跟北涧桥相关的传说故事，跟临水宫和这个村庄相关的风土人情、神话传说、民间故事，一件一件讲过来。时间长了，什么人情世故、文化习俗都在里头了。

当徒弟时，不过是放放瓦条、椽条。时间长了，学到的东西就多。吴学养干活卖力，也爱琢磨，活儿干得漂亮，师傅很喜欢，指点也多一些。干了两三年后，吴学养想着自己出来做事。同村还有个玩伴，只比吴学养小两岁。那一年，吴学养二十岁，他十八岁，就认了学养做师父，两个人就结伴出门揽活去了。

不出门可不行。但出了门，才刚有手艺，也没人敢叫你做活。后来自己村上的马仙宫，就是普宾桥北的马仙宫年久失修，眼看要塌掉了，村里没有钱，也找不到人修缮。吴学养和徒弟两个人思来想去，决定自己上，没钱也要上。

马仙宫里，供的是马仙。村民每月初一、十五，逢年过节，都会到庙里马仙娘娘前烧个香，求个平安。在浙南闽东这边，马仙的民间信仰很广泛，马仙宫神庙的香火也旺盛。马仙，也叫马仙娘娘、马天仙、马夫人、马氏真仙等等，是很有名的神仙，对浙南和闽东的民俗文化有深刻的影响。

修马仙宫没有钱，这年轻的师徒二人，就把包括上山砍树的这些事都包了。从正月头上开始动工，到农历九月尾巴，总算做完了马仙宫的这个活。

学艺难，做古建更难。古建里面的文化深，讲究多。比方说雕一条龙，五爪是金龙，四爪就是蟒，一般地方，蟒可以用，金龙就只有皇家才能用。4根柱子代表一年四季，24根柱子代表二十四节气，365根柱子代表一年……吴学养是边做边学。传统古建里,还要讲究风水、结构、力学、美学、实用、经济等维度,传统文化、民间风俗、飞檐翘角、南派北派……一样一样琢磨去吧,越琢磨,越深奥,吴学养说,这里面的门道没个十天半个月讲不完。

木匠行当里,还流传一句话——"鲁班不识字,打叉的就是"。家有家规,行有行律。木匠师傅的传承,大多是依靠口传心授的模式,师父说说,徒弟听听,悟性好,记住了就记住了,悟性不好记不住,那就更得吃苦。

马仙宫做完,找吴学养做活儿的人就排着队了。修廊桥,修古建筑,那得一点一点积累经验。口口相传,"吴木匠"的名气也大起来,人家说,"对,就是雅阳溪的那个年轻的吴木匠"。

(一四)

周善灵和其他几个村民一起,想到要在村子里再建一座新廊桥。

他们找到吴学养,说,我们造一座廊桥吧,行不行?

吴学养点点头,说,行。

周善灵，1964年生，他就成了这次造廊桥的首事之一。全村人里，老周当年是最早出去闯荡的"成功人士"。1987年，他去温州打工，后来去搞汽配，做"解放""东风"这样的大货车零配件生意。山里人出去，就是特别能吃苦。他一年到头都在出差，总往湖南、湖北方向跑。再后来，他有了一点积蓄，自己开办了个小厂，仍然是做汽配，生产汽车弹簧，给配件公司做配套，生产的品种有两百多种。

2019年他回村来，主要是因为老父亲身体不好，得回来照顾。他看见村里的路不好，就花钱修了一条三公里长的路。村里没有公厕，他又出钱修了一座干净漂亮的公厕。看到别的村庄新建廊桥，他也有点动心，琢磨很久，后来就联合了老傅、老庄等几位德高望重的老人一起，共同作为首事，正式提起营建永和桥这件事。

泰顺现有古廊桥三十三座，这些被村民叫作"虹桥""风水桥"的建筑，承载了千百年来世世代代泰顺人在现实生活中的种种理想追求、审美表达、信仰寄托、未来期许。在这里，廊桥被认为是关于人生祸福、家族盛衰、村落兴败之"风水"之物，是一种具有神奇力量和无限想象的文化之舟。

这些年，泰顺也鼓励支持民间传承木拱廊桥传统营造技艺，先后建成新廊桥二十多座，也带出了传承人队伍。

一座廊桥需要大大小小两千多个构件，规模大点的廊桥，建造费用在一二百万元以上，基本上都靠民间筹集。泰顺民风淳朴，老百姓热心公共事业，这也是廊桥能够在今天得以延续的很大原因。

周善灵小时候，就在普宾桥头的马仙宫里读书。没有黑板，老师就在石头上写字，一块石头上写一个字。下了课，他就在普宾桥上嬉闹玩耍。廊桥的记忆，深深地印在他的脑海里。这几年，父亲年纪大了，他回来陪陪。有时跟老傅、老庄一起，还是会在普宾桥上走一走，摸一摸，看一看。他就想着，从前的人，为什么想到要造一座桥，还能代代相传，一直留传到今天。

想多了，他似乎就明白了。

一座桥，也许就是先人留给后人的珍贵礼物。

一座桥，就是一个念想，也是一个寄托。两百年前的普宾桥，也是两省五地的老百姓捐钱修建的，从此在山野之间留下这么一个宝贝，也给一个村庄营造了好的"风水"。老百姓们淳朴得很，口中说的是"风水"，其实也是一种追求美好生活的精神力量。

我们今天，还能不能留下一座廊桥，留给雅阳溪，也留给雅阳溪的后人呢？

这个村有五百多人，十三个姓。族姓多了，这个姓和那个姓就难免会有一点什么不高兴的事。曾经有段时间，村里人如同一盘散沙，聚不到一起来。这是村里老人们的说法。那么，造一座桥，也是一件提神聚气、凝聚人心的好事。

这个村庄的年轻人，很多都搬走了，但是老周他们都希望这个村庄能一直拥有活力生机。

几位首事把村民们召集起来开会。在家的村民，差不多都来了，大家都很振奋，也都表示赞同。这个说，造桥是好事，我出三万；那个说，我买车暂时缓缓，造桥先出五万；另一个说，我山上有树，只要造桥用得上，都去我山上砍；再一个说，我资金不宽裕，就出份力吧。总之，听说要造廊桥，不管钱多钱少，大家都行动起来。那些离开了村庄的人，出去做生意的，搬进城市的，也都找了过来，要捐钱捐物。

那年农历八月大家说起的事，商量之后定下来，十月就开始砍木头。木头砍下来，堆成了一座山。村民们自己送过来的大概有上千根吧，一共有一百多立方米。

吴学养亲自带着人上山挑木头。

木头有阴面和阳面，木匠师傅看见一棵树，能想象到这根木头放在桥的什么位置合适。每一棵树都有它自己的使命。

一座座山头，一片片树林，吴学养几乎把这一带每棵树都看了一遍。

砍木头的时候，不小心把村民茶园里的茶苗踩坏了，主人家也没有多说一句，事后自己把茶苗补上。因了建廊桥的事，村民们心都往一处想了。

廊桥的营建过程，要严格按照传统工序和方法，别、压、穿、插、搭、接，不用一枚铁钉，全都是榫卯结构。这些都是吴学养内行的事情。这座桥还有些与别的桥不一样的地方，采用了一些独特的技艺。比方说，采用倒刺榫卯、暗钩榫卯。这些东西，一般师傅不拿出来说，是"密钥"。泰顺的老桥里可能会有，但是没有拆开看不到。这种结构很难安装，技术难度大，也都在这座廊桥上实现了。

一座廊桥，还是综合性艺术的体现，什么石匠、瓦匠、灰塑匠；什么浮雕、透雕、圆雕；什么壁画、油漆、书法……总之，廊桥上有各种各样的艺术形式。

用了差不多两年时间，桥造好了。叫什么名字好呢？

村里几位首事和老人们一起商量，说就叫"永和桥"吧。

桥一建，村里可不就"永和"了？

（五）

吴学养带我们在廊桥上漫步。接下来，他要在江苏徐州那边营造一座木拱廊桥。一百岁的老奶奶，牙齿都掉光了，身体还很健朗,她在桥头抚摸着廊柱,不知道是不是想起了自己在普宾桥头守桥烧水煮茶的时光。

和吴学养站在一起,老奶奶个头只到孙子的肩膀。

吴学养把奶奶紧紧地搂在身前,让我给他们拍了一张合影。

吴学养在永和桥的月牙梁上,留下了自己的名字,"掌墨:吴学养"。五位首事的名字,也永久地留在廊桥梁上。

一座廊桥,也许,不只是影响这一代人,还会影响下一代人。村民们希望它给整座村庄带来好运。

一座廊桥也会在时光里老去,新廊桥成为古老的廊桥。当它承载了岁月的重量时,也会成为前人留给后人的宝贵礼物。

一座廊桥上凝结的,也许就是大山里的人们用一辈子体悟到的人生真谛。

告别村庄的时候,吴学养邀请我中秋节时来村庄参加永和桥的圆桥仪式。我说好的好的,一定会来。

云朵停栖在雅阳溪四面的山尖上,布谷鸟的声音从远远的地方传来,一声一声,让村庄显得愈加宁静。暮春的气息里,飘荡着花朵开放的香气。

五 任是东流去

"人自多情,吟吟水边立。千万缕,溪水难寄,任是东流去。"

——题记

在这荒无人烟的山谷之中，三条桥默默守候了近九百年。首事们的身影在村庄里消失了，他们的后代传承着血脉，也不离不弃地守护着山间的廊桥。

三条桥，一般认为初建于宋绍兴年间*，现存的三条桥为清道光二十三年（1843）重建，长26.63米，宽4米。三条桥这样的木拱桥，在建筑学上称为"编梁木拱桥"。这种结构本身具有较高的学术价值，被编入《中国古代科技成就》，可以说是研究编梁木拱桥发展历史的重要物证。

1982年，三条桥被列为泰顺县第一批文物保护单位，后被列入省级文物保护单位。

2006年，三条桥作为泰顺廊桥的十五座单体之一，成为第六批全国重点文物保护单位。

数百年间，每每有人不辞遥远地来到三条桥面前，抬头一望，都会忍不住惊叹：好美的桥！的确，在学术价值之外，三条桥也是公认的与周围自然环境最为和谐的古廊桥。

人的语言有限，但人对美的感受是无限的。眼前这座三条桥，它的美既呈现了天地、山水、溪涧、廊桥之间的关系，也提示了过去、现在、将来的时空变化，更使人联想到生命、精神、文明、传承的意义。

穿越了悠久历史来到你面前的、近在咫尺、伸手可触的一项物质存在，所能提供给当下人的启迪意义是无尽的。

就是这么一座在世间存在了近九百年的古老廊桥，大概二十年前，却因为一个特殊的原因，居然陷入生死存亡的险境。

（一）

第一次去泰顺，朋友就向我推荐三条桥，说三条桥一定得去看看，它是泰顺境内现存最古老的廊桥，也是最孤独的廊桥。但是实在太偏远了——它位于泰顺南部，垟溪和洲岭的交界溪上，往南不远，就是福建省的寿宁县了。

作为一座廊桥的名字，跟别的字字斟酌并被赋予很多美好意义的名字相比，"三条桥"显得质朴随意。此名的由来，听说是最早这里用三条巨木架于溪上为桥，人们顺口叫它"三条桥"，时间一长，桥不断更易，三条桥的名字却沿用下来。

三条桥处在深山之中。前往廊桥的山路崎岖蜿蜒，沿途少有人家。沿青石铺就、杂草丛生的羊肠小路徒步行走十几分钟，直到听到清晰的水声，峰回路转，再寻至山谷底部，可见一座极为古朴的编木拱廊桥横跨溪流，如山中老僧，静静恭候于此。古道，西风，瘦马。青山，秀水，古桥。一想到三条桥已然在此静候千年，便不禁肃然起敬。

山重水复之中，三条桥与别的桥都有些不一样。尽管都是古桥，随着时代的发展和交通条件的变革，别的廊桥越来越被繁华喧闹包围，三条桥的所在还依然宛如世外。这里人迹罕至，更无世俗烟火，除了偶尔有专程寻桥而来的旅人在此短暂逗留，便只有若干飞鸟往还山间。四面青山，一溪碧水，千百年间似乎变化甚少。三条桥静静矗立此处，看云卷云舒，寒尽暑来，正如一位世外高人，静观人间沧桑。

"夏草与雄兵，皆为梦一场。"松尾芭蕉的俳句，用在这里正合适。山的寂静，桥的安然，人的孤独，在三条桥这里合而为一。

三条桥远观飘逸秀丽，木与瓦都在时光的洗礼中静默，灰黑的颜色，在群山之间呈现出古朴的美感。廊桥高出水面约十米，建有桥屋十一间，明间五架柱梁。桥屋顶覆盖黑色鱼鳞瓦，桥两侧以木片铺成风雨板。

三条桥,虽然一般认为始建于宋绍兴年间,但也有人认为其实还可以追溯到唐代。此中玄机,就藏在三条桥的瓦片里。

我曾采访泰顺县廊桥文化协会的庄通先生。庄先生说,在桥梁古建筑里,瓦片上有文字记载的并不多见。三条桥之独特,在其历史之悠久。泰顺《分疆录》中曾有文字记载:"三条桥最古,道光间重建,拆旧瓦有贞观年号。"

——如果说三条桥始建于唐代贞观年间,那么,有"贞观"字样的旧瓦现今还能从桥上找到吗?

——但是,就算找到唐时旧瓦,是否就说明此桥始建于唐呢?也存在不确定性。譬如说,这个瓦片,是否在廊桥始建时盖上去的?有没有可能把别处的老瓦移来用在了新桥上呢?

——如果三条桥始建于贞观年间,当时也是木拱桥吗?

——如果三条桥"始建于贞观"可以确证,则三条桥的历史,比北宋张择端《清明河上图》中的虹桥更为悠久,由此也可以推断,虹桥技术"诞生于北宋"的说法就不可靠了,时间还可以再往前推……

三条桥引发了很多学者的研究兴趣。

夏碎香,泰顺县文博馆第一任馆长,上世纪80年代初,她在查阅《分疆录》时,看到三条桥在清朝重修时"拆旧瓦有贞观年号"的记载。于是，根据这条宝贵的线索，夏馆长带人前往三条桥做专门调查，希望能找到唐代的瓦片。此举颇费了些功夫。1982年，三条桥翻瓦时，她全程在场，对每片旧瓦细加查看，最终并未找到唐瓦。不过，她在三条桥屋檐上有了意外的新发现。

那是一片300毫米×230毫米的旧瓦，来自宋绍兴年间，瓦上刻有字样：

丁巳绍兴七年九月十二日开工作瓦□其年米谷直价每斛五文。

夏碎香馆长撰写的《泰顺古桥》一文，刊发于《温州文物》1984年第1期，文中详细记录了瓦片上的字样。据此实物，三条桥的初建年代，至少可以定为宋绍兴丁巳（1137年）九月十二日。三条桥可谓泰顺现存的年代最久远的叠梁式木拱廊桥。

无论如何，唐瓦的记载、宋瓦的发现，都为研究三条桥的历史提供了宝贵的依据。

在三条桥上游十米外的西岸岩石上，夏馆长还发现了三条桥的旧桥遗址。岩上共有四个方孔和两个圆孔，其中三个方孔（420毫米×280毫米）并列为主柱孔，偏左下尚有一个方孔（290毫米×220毫米），皆向东岸倾斜，再下，还有两个垂直的圆孔（直径约510毫米）。

根据残留的卯口、周围相关的地形，以及当时桥梁发展的技术水平来判断，旧三条桥的拱架系统，可能为八字形撑架。其最下的两个垂直的圆孔，有可能是附加桥柱，用以支撑桥面。

由此，夏碎香馆长认为，三条桥旧桥应当是浙南木拱廊桥的萌芽与雏形。

（二）

和大多数古廊桥的建造者一样，三条桥主墨的名字已经散失在时间深处。他恐怕从未想过，自己作为木匠留在人间的作品，会在八百多年后仍被人们所欣赏。

南宋绍兴年间，洲岭这个地方实在过于偏僻，在崇山峻岭之间度日的山民们一直保持着世外桃源般的生活。也许，主墨并不知道山外的世界正经历着怎样的动荡与不安。

泰顺山深林密，土地肥沃。自中唐以来，这里就成了贤人志士躲避战火、避世归隐的武陵桃源。安史之乱后，中原汉族人大量南迁，有的进入广东，有的进入福建。移民们带着北方先进的农耕技术，来到南方山区。泰顺与福建临近，从福建进入泰顺地区的道路，远比从温州至泰顺的道路平坦和便捷，很多人便从福建辗转迁入泰顺。

资料显示，唐末时，先后有十八个大姓迁入泰顺，其中有一大批有识之士、逸士高人。这些人的入山隐居，为泰顺带来了外界的文化，也带来了不与世俗同流的遗风。

靖康之难后，宋室南渡，高宗皇帝赵构被金兵一路追到临安，再到泉州，后来逃到海上漂泊数月，上岸后到了南京，没待多久，重新回到临安，打算在此安定下来。

伴随此次南迁，又有一大批人口迁入泰顺。这些人大多出自官宦世家，凭借他们的文化优势，家族后人很多成了泰顺地区的望族。

此时，泰顺虽未建县，但受全国政治中心、经济中心、文化中心南移的影响，泰顺地区学风鼎盛，文化思想活跃，学术人才辈出，科举文运高度发达。南宋时期，泰顺境内仅文、武进士两项，就有七十五人。其时科名如此兴盛，一年里考中的进士人数，堪比后来一个朝代考中的人数。

饶是这样，三条桥的主墨也无确切考据，许是一介平凡木匠，未引起文人学士的笔墨关注。不过文运发达必定生活无忧，这为泰顺廊桥的诞生创造了便利。哈佛大学教授包弼德，数次考察三条桥后认为，古时的泰顺并不贫穷，否则怎么可能在荒山野岭里修建起如此宏伟的廊桥。

我们大可猜测主墨是福建人，因为泰顺距离福建很近，很多福建人擅长此道。他们的足迹一直在这大山深处，在两省交界的村落溪流、山山水水之间往来。从三条桥的现状来看，这位主墨技艺精绝，那么他怎么会来此建这座桥呢？

每一座廊桥的建造，都首先有赖于首事的发起。民间力量修建廊桥，一般由当地家族中有名望的人担任首事，主持建造事宜。首事一般有好几人，他们担负着多方面的任务，既要东奔西走写缘筹资，又要呼吁乡人同心协力捐木出工。

据说，三条桥最初的首事是富家洋村人的祖上。想是富家洋的村民深居山野之中，日子安定，衣食无忧，不知哪一天，或是求风水或是寄托心愿，忽然发心要造一座廊桥出来。于是乎，得到了村民们的一致响应，并将此活计交给了走乡串户、心灵手巧的主墨"老司"。

然而，要在这样大跨度的深溪之上修建廊桥，的确是一项极其艰巨的任务，更是对造桥人技艺的考验。

1136年前后，桥梁的建造技术已经非常高超。彼时南宋境内所造桥梁，浙江地区有八十三座，泉州地区有二十三座。其中多数如今已毁。从宋代留存到今天的桥梁，石柱梁桥尚可见到，木柱梁桥早已无存，仅能从北宋时期的绘画里一睹其容颜。其中最著名的，当数留在北宋画家张择端《清明上河图》画卷中的那一座虹桥。画家的笔触实属精细，把这座虹桥的精微之处都刻画了下来。画面气势磅礴，车马喧闹，这座巨大的虹桥处于画面的中心，桥上桥下，人头攒动，河面上还有大船通过。

> 自东水门外七里至西水门外，河上有桥十三。从东水门外七里，曰虹桥，其桥无柱，皆以巨木虚架，饰以丹雘，宛如飞虹，其上、下土桥亦如之。

孟元老《东京梦华录·河道》记载的虹桥，正是《清明上河图》画面中的这一座。此座木拱桥并无一个桥柱支撑，宛如彩虹般横跨汴水两岸。要知道，汴水从隋代开始，就是江南漕运到北方的重要河道。北宋时随着贸易经济发达，汴水上行驶的船只大幅增多，如此一来，河上的平桥、柱桥就成了阻碍船只顺利通行的巨大障碍。

后来，山东青州牢城的一个无名小卒，提供了一个完美的解决方案。他"叠巨石固其岸，取大木数十相贯，架为飞桥"，其后五十载桥不复坏（宋代王辟之《渑水燕谈录》）。由此，北宋有了第一座"虹桥"。

然而，汴水之上的繁华并没有持续太久，随着金兵南下，宋室被迫南迁，曾经作为交通大动脉的汴水，自然也失去了原先的作用，以至淤塞干涸。与此相对应的，是虹桥这一项独特的建造技术，再无推行的基础，也便在历史的尘埃里几近湮灭。

那么，南方山区的泰顺，三条桥的建造技术，是不是取法于汴水的虹桥呢？

浙南山区的木拱廊桥，隐在深山人未知，长期不为业界所知。八百多年后，直到1980年在杭州举行的一次古桥技术史会议上，浙江省交通厅介绍了浙南地区的"八字撑架"桥，泰顺的廊桥才引起了国内桥梁专家的注意。

当时专家们普遍认为，浙南木拱廊桥是汴水虹桥的演变，这项造桥技术，是在宋室南渡以后，士农工商随之南下，先进的虹桥技术也被带到了东南地区。

《中国古桥技术史》一书中写道："在很长一段时间里，认为虹桥的结构形式已经失传。最近发现在浙江西南、福建东北的洞宫山脉及雁荡、括苍、鹫峰等山脉间，仍有不少此类木拱……是演进了的虹桥式木拱桥。"

泰顺文博馆的第二任馆长张俊，长期从事木拱桥的研究，对"南方编梁式木拱桥由北方传入"的观点，他提出了截然不同的看法。

张俊认为，三条桥在清道光年间重建时，发现有唐瓦，后又发现宋瓦。泰顺编梁木拱桥历史发展脉络鲜明，是在本地区不断改良而成的。其在撰写的论文《泰顺木拱廊桥发展历史探讨》中提出："泰顺木拱廊桥是一个独立的发展体系……泰顺县的木拱桥技术萌芽于唐宋时期，成熟于明代中期。"

张俊考察认为，泰顺编梁木拱桥的发展，经历了从多柱式到逐渐减少桥柱，再逐渐把桥柱往外移的过程，最后，发展到完全不用桥柱，使其成为"飞桥"。泰顺的三条桥旧桥，正是这一种过渡性桥型的例子。"假如，那时有现成的北方'虹桥'技术传入的话，也就不必去走弯路，再去尝试三条桥旧桥这种桥型了。"

同样，上海交通大学力学专家沈为平，和早年就已与泰顺结缘的上海交通大学副教授刘杰，也曾多次深入乡野考察，寻找泰顺编梁木拱桥的发展脉络。经过实地考察和大量求证后，他们也认为，泰顺编梁木拱桥并非由北方传入，而是本地土生土长的事物，是由本地先民创造的。

"至少在泰顺，有一整套由梁桥发展至编梁木拱桥的桥梁类型，有一个完整的发展体系。而在北方，却没有发现这么完备的发展体系。"

基于这一推断，我们有理由相信，当年三条桥的主墨是凭借自己的经验和创造，构建了这座跨于流水之上数百年不倒的木桥。

让我们想象一下，这是一位经验丰富的木匠，其时，经他之手，这浙闽两地深山古道上已修造了不止一座桥。只是，这三条桥所在的地方太特殊了——两岸山林耸立，峡深流急，一旦上游降下暴雨，洪水湍急，涧中若是竖立桥柱，岂非增加了毁桥的风险？再加之上游泥石流频发，若混有大量泥沙的洪流裹挟大树杂物汹涌而来，摧枯拉朽，势不可当，溪中若有柱桥，岂有不毁之理？

但若是不在深涧中立桥柱，两岸这么大的跨度，又如何实现呢？

这几乎是不可能完成的任务。

主墨苦思冥想，夜不成寐。一日用膳之时，他摆弄着手中的筷子，忽然心有所动，拿起几支筷子穿插搭弄起来。

那是一个看似非常简单的撑架结构，在几支筷子相互穿插之后，不仅拱架长度得以大幅增加，而且整个结构十分稳固。当从上部施以压力，压力越大时，桥身反而更加稳定。

主墨一拍脑袋，猛然起身，推开碗筷即向屋外建桥之地疾奔而去。

一座壮观的木拱桥，已早于洲岭溪涧上的实物，在主墨胸中建构而成。接下来无非是把胸中勾勒的三条桥在山间搭建出来——从择址、定位、选料、开工，再到建造、完工，无数烦琐的工序，全凭工匠的眼力和经验判断。

公元1137年，即南宋绍兴丁巳年九月十二日，三条桥落成。

这是一个创举。在那个没有精密量尺和结构力学理论的年代，那么多木材的钻孔、木榫的衔接，整座桥的弧度，每一项都如此精准。三条桥建好了，仿佛横空出世一般，这座桥飞跨两岸，气势如虹，带给人强烈的视觉震撼。

前来参加圆桥仪式的山民们欢呼雀跃，唢呐和锣鼓在山间齐鸣。

圆功酒宴上，人们纷纷向首事和主墨敬酒，盛赞首事的功德与主墨的技艺。首事们年事已高，依然开怀畅饮；主墨师傅更是难抑激动，当晚饮酒二斤，一醉方休。

（三）

2003年3月的一天，村民发现三条桥上游约一公里处，有人正在钻山挖洞。

消息很快在山民们口中传开——原来，有一家水电公司看中这里，要在山谷中建造一座十八米高的水库大坝来截断溪流，同时，在三条桥下游一公里处造一座发电站。大坝与电站之间，则穿过山体，打通一个长一千七百多米的导流洞，以引水发电。

这个小水电站的开工，让村民们坐卧不安。

可以想象，这是一个极其粗鲁的举动——大坝截断溪流，水从导流洞流向发电站，三条桥下，必无水矣。

桥因水而生，因水而建，若是桥下无水，三条桥还是桥吗？

而且，上游大坝一旦建起，万一发洪水需要大流量泄洪，势必会对三条桥造成致命影响。

三条桥穿越漫长的时间，留存在这冷清的山野，千百年来，早已成为乡民们精神家园的一部分。它早已不再只是一座桥，它携带着先辈们的祝福，记录着前人的敬畏与信仰，也承载着家族的力量与希望。

时代在变，老廊桥遇到新问题。泰顺这个地方，经济相对不发达，社会各界谋求发展的心态是急迫的。这里山高流急，水资源比较丰富，于是从20世纪末到21世纪初，小水电成了泰顺的支柱产业。这座拟建的洋洲水电站，正是众多遍地开花的小水电中的一个。

水电业主方请人出面表示愿意用钱解决问题，但村民们一口回绝:"就是给一千万,我们也坚决不答应!"

水电业主方没有想到,村民们护卫三条桥的决心如此之大,他们抗议的行动如此坚决。

"桥没有了水,就像人的身体没有了血,还有什么意义!"说这话的村民苏锡新,正是当年出资重建三条桥的苏际顶、苏际厚的后人。他们决心拼了老命也要保护好三条桥。

巨大的矛盾开始显现。

垟溪、洲岭两个乡的十三个村在《保护珍贵历史文化遗产三条桥的报告》上盖上了大红印章,三百多位村民在这份报告上签字、按指印,要求电站工程停工,保护三条桥。村民们的红指印,挤满六大页纸。

护桥心切的富家洋村数十村民,用大石头堵住了正在挖掘施工的三条桥上游的大坝导流洞洞口,并就地垒灶埋锅,二十四小时轮流值班坚守桥下,以示守护三条桥的决心。

从水电业主方的角度看,水电站的审批手续基本齐全,除了最后的土地证因山林纠纷尚未拿到外,其他审核都已通过;水电站因占用两个村庄的土地,也给了村集体很高的补偿;同时,项目建设也已投入两百多万元资金,如果项目停止,这些巨大的损失怎么弥补?

媒体开始介入。当时的泰顺县委机关报《泰顺报》刊登了记者海沙执笔的文章。文章呼吁,"不要让三条桥成为死桥"。同一天，网名为"大笨钟"的廊桥网创办者钟晓波，在廊桥网论坛转载该文，引起网民的强烈共鸣和反响。

这篇文章也成了"三条桥保卫战"的导火索，标志着"三条桥保卫战"的全面展开。

文章出来后的第二天一大早，水电站所在的洲岭乡的干部就赶到了报社，指着编辑的鼻子开骂。他要求发布更正声明，同时还要处理记者；还有人到处打听，要威胁廊桥网的主办者……

此时，不管是泰顺报社、执笔记者，还是廊桥网等方面，都承受了巨大压力。

矛盾在激化。村民与水电站建设方的直接对峙，持续了很长时间，其间双方甚至爆发过肢体冲突。有的村民还被施工方用铁棍殴打击伤，也有村民因此被拘留。

但是这些并没有吓到村民，反而让他们更加觉得，要把"三条桥保卫战"坚持到底，一定要阻止破坏廊桥的行为。

廊桥迷们在网上开辟了"保护三条桥论坛"，引起了上海、北京等全国各地关心泰顺廊桥者的共鸣。同时，钟晓波积极联系各级媒体，争取全国各地网友和廊桥爱好者的支持，并得到了泰顺文博馆方面张俊、庄通、薛一泉等诸多专家和有识之士的大力支持。

1959年出生的董晓华，曾任泰顺县交通局副局长，兼县公路管理段段长。他在县政协任职时，出于对乡土文化的热爱，发起成立了泰顺360协会。该协会也为三条桥的保护到处呼吁，引发了省、市媒体的强烈反响。

在这起"战役"中，包括董晓华在内的网友成为保护廊桥的一股强大力量。从中央的《光明日报》，到省里的《浙江日报》《今日早报》《都市快报》和浙江电视台，再到地方的《温州日报》《泰顺报》等各级媒体，都对三条桥事件作了持续报道。廊桥网持续更新网友捍卫廊桥的帖子，全国其他地方的网友都参与了进来。他们还帮助村民整理材料，运用法律手段，与破坏廊桥的行为作斗争。

时任泰顺县委书记周维亮，在专门对三条桥问题所作的实地调研中，强调要切实处理好经济建设与历史文化遗产保护的关系，并且指出，任何经济建设活动都不能破坏历史文化遗产。

"村民与社会各界在'三条桥保卫战'中体现出来的对廊桥的感情，是朴素的爱，更是大爱！"泰顺廊桥研究保护中心的庄通说，在这一过程中，既有各方利益的冲突，也有对家乡故土的热爱。在冲突和较量中，很多人冲在前面，并不是为了个人利益，而是出于一种对家乡、对文化的大爱。

每每回想起那次"三条桥保卫战"，包括庄通、晓波等人在内，都很感慨。

在他们看来，那次"三条桥保卫战"，只能说是"成功了一半"。因为在社会各界的广泛支持下，水电站最后做出了让步，给三条桥保留了一部分水流。

但是，正是因为有了那"一半"的成功，让许多原来不以廊桥为奇的泰顺人，也开始认识到廊桥的宝贵之处。之后，泰顺廊桥能够在各种社会变化中免受更多不利影响，也正是因为那"一半"的成功，为保护廊桥营造了良好的氛围。

近二十年后，今天的泰顺人毫不避讳，甚至很自豪地回忆起"三条桥保卫战"的往事——"这并不是家丑，而是一次面向所有人的宣传与教育"。因为如今，越来越多的泰顺人都认识到，保护廊桥是义不容辞的责任。

泰顺一中（现泰顺中学）高级教师、泰顺县名师李晓娟，很早就敏锐地认识到这一场"三条桥保卫战"的意义。

李老师说："泰顺是世界廊桥之乡，关于三条桥的水电站与廊桥之争，报纸、网络论坛上已是沸沸扬扬。同学们对此也有一定的兴趣，他们形成了各自的观点和看法。"

李老师意识到，这是一个富有地方特色的案例，她把这个案例搬进了课堂。

"它可以与我们的课堂内容'生活与哲学'中的'矛盾分析法是认识事物的根本方法'联结起来，不但可以加深学生对家乡的了解，增进对家乡事物的感情，而且还是一个哲学活学活用的好时机。"

为此，她用了一堂课让孩子来进行辩论：一场关于"三条桥"的争论——矛盾分析法是认识事物的根本方法。

李老师让学生们自由组合成若干小组，各自关注三条桥与水电站之争的媒体报道，广泛搜集资料，形成自己的立场与论据；部分同学还趁周末回家的时间，对当地村民进行走访，搜集群众意见；还组织集体参观古廊桥，增加对古廊桥的感性认知。

课堂上，李老师把几行字打在了白板上：

一座最有价值的古廊桥，
一座即将建成的水电站，
一场前所未有的尴尬，
一场泰顺廊桥实实在在的危机……

"观点越辩越明"。李老师强调，同学们要抓住问题的主要矛盾展开辩论,紧紧围绕"经济发展与文物保护孰轻孰重"这一核心。

对于三条桥事件,同学们已有一定的了解,辩论形成了泾渭分明的两派观点。有的同学支持建水电站,认为经济发展在先,可称之为"电派";有的同学反对建水电站,认为水电站的建设会破坏古廊桥的风貌,可称之为"桥派"。

这一场关于三条桥的论争,从学校外延伸到了课堂内。

同学们很厉害——多媒体上,显示出同学们搜集到的资料,其中有泰顺县人民政府一位副县长的身影:"小水电在我们泰顺县是一个经济的支柱产业,这一块的收入占到我们全县财政税收的20%左右。"

泰顺县洲岭乡的乡长也站出来发声:"如果这个水电站建起来,我们最起码可以解决两到三个村的村级集体收入空白的问题。"

而"桥派"的观点也很鲜明,论据同样充分——

富家垟村村委会主任庄孝貌很气愤:"桥离不开水,桥没了水,等于人没有血,还有什么活路?"

当年出资重建三条桥的苏际顶、苏际厚后人苏锡新说:"这桥出名后,英、美、韩、日等国家的人也来旅游观光。今年'非典'时期还来了六十多人,他们自带帐篷干粮,露宿廊桥周围,就是为了体验廊桥来的。如果为了眼前利益,破坏廊桥的长远价值，我们不答应！"

泰顺县旅游局副局长高立竹："三条桥的完整性比较好，集山、水、桥为一体，现在三条桥上游建这么一个水电站，水电站的建设直接导致流经三条桥溪流的流量减少，桥的完整性就失去了。"

浙江大学建筑系副教授余健："廊桥的保护有两个方面，一个是山，一个就是水。如果水断流了，桥就不成为桥了。"

……

好一番唇枪舌剑。

"电派"说：等我们经济发展了，就能有更多的资金用于古廊桥的维护和整修。古廊桥的保护，任何时候都要以物质力量为基础。没有钱，谈什么保护呢？

"桥派"说：三条桥这座桥的意义本身，绝不只是现代赋予的一些意义。古建筑是历史文化遗产，属于不可再生资源，虽然建这个水电站，一年能带来十三万元的财政收入，但再多的钱有什么用？桥是祖宗留下来的，不能就这样毁了！

……

随着辩论的深入，"桥派"观点越来越占上风，"电派"观点渐渐显得牵强和无力。全班四十六位同学中，四十一人坚决支持保护三条桥，拒绝修建水电站。

李老师站出来：有没有一举两得的方案呢？

"目前,县政府已与水电站达成协议,同意修建水电站,但是要按照省里文保专家提出的要求修建。在具体现实的施工中,这些规定又怎么保证得到落实?"

李老师还对同学们作了一些拓展性思维训练。

"假如这一座三条桥保不住的话,那么我们其他的古廊桥又会面临什么问题?"

"我们同在廊桥屋檐下。廊桥像彩虹一样美丽,但它不能像彩虹一样易逝。我们对文物古迹的保护,目光应当放得长远一点。"

同时,李老师还抛出一个话题——如果请你给县长写一封信,阐述你对"三条桥之争"的看法及意见,你会怎么写?……

李老师说,设计"给县长写信"这一作业的目的,是教育学生关心社会,关心自然,它有利于强化学生的公民意识,增强学生对家乡建设的责任感。

这一堂课,后来被写成了教案,得到了省市教育界众多同仁的赞许。由于实现了课堂内外结合、校内校外结合、理论与实际结合、学习与实践结合,学生们在这次辩论中学会了选择、追问、决策,真正把课本知识转变为自己的思想。

当年建造三条桥的首事、主墨们,一定想不到在近九百年之后,还会引发这样一场全民参与讨论三条桥保护的热潮。

许多泰顺人回忆起"三条桥保卫战"往事时,会不由得眼含热泪。外人可能难以理解,但是泰顺人知道——为什么他们对廊桥爱得如此深沉,因为廊桥精神已经内化在泰顺人的血肉之中。

(五)

如果你现在去寻访三条桥,可以见到古朴优美的三条桥静静矗立在绿水青山之间。

天上白云悠悠,地下溪水潺潺。

面对这样的文化遗存,你内心会有一种强大又宁静的力量油然而生。即使你离开之后,这种力量还会久久激荡于心间。

越来越多的人认识到,跟世界文化遗产的巨大价值比起来,一个小水电站的收益,实在是微不足道。

在漫长的时光里,三条桥也许也并不会太在意眼下的小小纷争。

跟古桥相比,人的生命也过于短暂,过于渺小了。

想想看,三条桥在泰顺南部的崇山峻岭之间,如果"贞观"旧瓦确证存在，那么，从唐太宗李世民的贞观年号开始算，三条桥至今已有近一千四百年——那差不多是唐玄奘西行取经的年代。

再想想看，如果刻有"丁巳绍兴七年九月十二"字样的宋瓦真实无疑，那么，算来至今也有八百八十多年了。在临安成为南宋都城之前，三条桥已然巍然屹立于浙南的崇山峻岭之间。

又想想看，三条桥最后一次重建，是在清道光二十三年（1843）。那一年，这世间发生了哪些事情？

1843年，距鸦片战争爆发已三年；魏源编撰的《海国图志》五十卷刚刚出版；这一年10月，清政府与英国签订《虎门条约》；11月，上海开埠，此后，中外贸易中心逐渐从广州转移至上海……

世间的纷纷扰扰，如今都成了过眼云烟，只有三条桥还屹立着；包括三条桥在内的为数众多的古廊桥，都成为泰顺人心灵拼图的一部分。

廊桥的文化内涵如此丰富，文化价值如此显著，绝不只是一座座历经沧桑的古桥那么简单。

很多人逐渐意识到，一直以来，廊桥及其营造技艺受到的保护很有限。由于自然和人为原因，最近数十年间，泰顺有很多价值极高的古廊桥被毁。

"三条桥保卫战"之后，更多人认识到，对于廊桥的保护，还需要更有效的手段。

上海政法学院经济法学院院长、北京大学法学博士胡戎恩，有一次受邀到廊桥学会做讲座。他的主题是"古村落的保护立法"。在讨论中，众人渐渐把焦点转移到"廊桥保护立法"上来。

为什么不能为廊桥的保护立法呢？

温州市人大常委会法工委主任王旭东介绍，近年来，时有发现廊桥保护过程中，存在当前法律规定、政策导向与现实冲突的情况。比如，廊桥及其周边古道、溪滩、古村落等环境都是一个整体，但是，缺少对其周边环境的保护细则。

有的廊桥周边环境都被破坏了，溪滩被砌成了平平整整的水泥混凝土的水渠，这些问题怎么办？

再如，如果发现人为破坏廊桥，如何追责？

2019年"两会"期间，温州市人大代表、民盟温州市委会主委胡荣党领衔提出《关于加快推进温州市廊桥保护立法的建议》，得到温州市人大常委会和市委、市政府高度重视，当年即紧锣密鼓展开相关立法调研工作。

2020年初，温州市将泰顺廊桥保护条例正式纳入立法计划。

同年3月,泰顺县正式启动廊桥保护立法工作,专门成立廊桥保护立法调研领导小组,组织起草《温州市泰顺廊桥保护条例(草案)》。

2020年12月23日,《温州市泰顺廊桥保护条例》获市人大常委会第三十三次会议表决通过。

2021年8月1日,《温州市泰顺廊桥保护条例》正式实施。这是温州市取得地方立法权后,通过的首部历史文化领域法规,也是中国首个廊桥保护专项立法。

《条例》明确了泰顺廊桥的概念、保护内容、职责、资金来源与用途、禁止事项、处罚条款、传承传播等内容。

《条例》的实施,既有对泰顺廊桥本体的"有形保护",又有对泰顺廊桥传统营造技艺的"无形保护",还有对附属物、周边环境的"整体保护",并明确了各级政府部门的职责。

从2003年的"三条桥保卫战",到《温州市泰顺廊桥保护条例》正式实施,岁月走过了十八年。

（一六）

2021年秋天到来后，我又一次重访三条桥。

深山老林呈现出斑斓的秋色，三条桥在这样的秋色里一如既往地静默着。黑色的鱼鳞瓦，深暗的风雨板，似乎讲述着光阴的故事。在它的周围，天地山野，亘古如常。

"常忆五月，与君依依解笑趣。青山水碧，人面何处去？人自多情，吟吟水边立。千万缕，溪水难寄，任是东流去。"

三条桥木板上依稀有一首词，毛笔墨书，不知何年何月何人留下。桥上多少事，无古无今，亦古亦今。涉溪至桥下，在溪涧中的大石上坐着，聆听水流风吟、鸟鸣秋声，深觉桥在人心，岁月可亲。

*补记：

2020年7月，三条桥在修复时，又有新的考古发现：人们发现了北宋大观元年（1107年）九月初十、明永乐十六年（1418年）和丁巳（1437年）九月的三块旧瓦，这是当年这座桥的修复记录。

此次发现完整的瓦片，说明该桥没有被洪水冲毁过，而且每一次修复时，传承人都会特制一批桥屋专用的厚重大瓦进行添补，这也是中国桥梁史的重大新发现。

穿越了悠久历史来到你面前的、近在咫尺、伸手可触的一项物质存在，所能提供给当下人的启迪意义是无尽的。

〔图十一〕翁地廊桥

〔图十二〕三条桥

桥上多少事，无古无今，亦古亦今。涉溪至桥下，在溪涧中的大石上坐着，聆听水流风吟、鸟鸣秋声，深觉桥在人心，岁月可亲。

六 致流水

渡人如渡己。

———————————————————————— 题记

（一）　　从杭州驱车至泰顺已是深夜。跟朋友约好，第二天一早要去寻访普宾桥，不如索性赶到雅阳去住。途经泗溪镇外的公路，忽然想到，应该去看一眼北涧桥。很少有人会在半夜里去看廊桥吧——不知道此时此刻的廊桥是什么样子。

于是停车，掉头，往泗溪镇上驶去。

春夜，细雨绵绵。整个小镇已然入睡。街上没有一个人。我在廊桥公园牌坊外停了车，打伞，沿溪边的堤岸往北涧桥行去。灯光昏暗，唯听得耳边溪声哗然作响。连续下了几天雨，泗溪春水猛涨，所幸还没有淹到路面上来。我小心地走到两棵古树下，站定之后朝溪中眺望，发现长长的碇步已然被溪水淹没。水流在碇步上击起雪白的水花。

我只来过北涧桥头一两次，一切仍然陌生。古老的廊桥，更加古老的大树，比大树还要古老的溪流，此时显示出它巨大的力量。这种力量，既是宁静，又是震撼。我打开手机照亮脚下石阶，缓缓拾级而上。抬头一望，古意森然。春雨沙沙，溪水喧哗，反使得四面愈加寂静了。白日里游客往来的桥头，此时寂无一人。我曾在桥头喝茶、与双贵聊天的茶馆，也寂无一人。似乎天地之间，从来苍凉如此。我不再往前走了。

万物有灵，这里的一切都如此宁静，而我是一个不约而至的旅人。离开的时候，整座小镇、古桥，依然沉在睡梦之中。

（二）

泰顺有很多溪流。泰顺的溪流来自这里的高山。被称为"浙南屋脊"的崇山峻岭之下，是幽远僻静的旷谷深沟。这里气候多变，雨水丰润，高山之泉滴滴汇聚而成细流，分别汇入飞云江、交溪、沙埕港、鳌江。水往低处走。溪流沿山谷蜿蜒而下，渐聚渐多，最后，分别从东北、西南、东南等方向殊途同归，奔流到海不复回。

山势飞拔，水道婉转，造就了泰顺溪山的雄奇秀美。历史上的这个僻远之地，也成为类似于桃花源一般的与世隔绝的境地。唐人顾况，曾有一篇《仙游记》：

> 温州人李庭等，大历六年，入山斫树，迷不知路，逢见漈水。漈水者，东越方言以挂泉为漈。中有人烟鸡犬之候。寻声渡水，忽到一处，约在瓯闽之间，云古莽然之墟，有好田、泉、竹、果、药，连栋架险，三百余家。四面高山，回环深映，有象耕雁耘，人甚知礼。野鸟名鸲，飞行似鹤，人舍中唯祭得杀，无故不得杀之，杀则地震。

李庭等入山砍树，此地"约在瓯闽之间"，这十分引人猜测。有人说李庭等人遇到的村落，就是现在泰顺县仙居村。当年李庭离开时，特别留意了来时的道路，但他再次前往时，却发现已是"群山万首，不可寻省"了。这显然是"桃花源"无疑了。

这篇唐人传奇就是小说，"瓯闽之间"只是一个地域概念，而后代考证者多有附会。如宋代瑞安人曹叔远撰《永嘉谱》，认为《仙游记》写的是雁荡山一带。明代的姜准在《岐海琐谈》里提出异议，认为当在南雁。清代温州人曾唯编《广雁荡山志》，将顾况的记和赋收在书里，提出实乃海市蜃楼，未必实有其事。到了民国，也还有人说故事发生在平阳的南雁荡山，近年又有泰顺学者考证，顾况笔下所写乃是泰顺某处云云。最翔实者，认为是在飞云江流域上游，如今泰顺县的仙稔乡仙居村。

这就很有意思了,考证者何尝不知只是一个寓言而已,然而,哪怕明知是一个虚无缥缈的传说,依然一本正经去翻箱倒柜地考证,本身也是一件足够浪漫主义的事情。更何况,浙闽之间山水颇佳,多一则这样的故事,增添一分山水灵气,也是皆大欢喜的事情。

而我在泰顺跋山涉水,寻访深山僻野之间的众多古廊桥,时有墟里人家、人烟鸡犬不期而遇,念及唐人仙游之奇事,平添几缕游思,则殊为可喜也。

泰顺的桥真多。这里几乎就是一个"千桥之乡""中国桥梁博物馆"。《温州泰顺乡土建筑》(刘淑婷、薛一泉著,浙江摄影出版社)上的数据,"泰顺境内现存有各式各样的桥梁958座……保存完好的古代木廊桥33座、石拱桥266座、石平桥111座、碇步桥248座"。

碇步,学术上称为"堤梁桥",乡人们也称呼它"琴桥",因为一个一个碇步立于溪中,就像是琴键。小时候我在浙西

(三)

乡下，常见溪中有这样的简易碇步桥，一个碇步就是一块大石头，渡河时蹦蹦跳跳的样子，走起来妙趣横生。

溪水清浅、溪面也不宽的山区里，时常能见到溪中有这样的简易碇步。无非是垫个脚，就迈过去了。有时我们在山野间行走，遇到路面泥泞的地方，也在附近找两块石头丢在水中，脚踩石头而过，大概这也能算得上是最原始古朴的桥梁雏形吧。

夜深人静时在泗溪看过溪水漫过的碇步，而更为壮观的则是仕水上的碇步。朋友带我去仕阳。修建于清嘉庆年间的仕水碇步，建在仕阳镇溪东村一段平坦宽阔的河面上。远远望去，长长的碇步横贯河面，犹如一串律动的音符，带着跳跃感一直延伸到河对岸。这条碇步全长133米，共223步，每步由两块平整条石砌成，平行分高、低两级。高的一行，可供挑担者行走，或是涨水时节可行。矮的也可容二人相向而行。

碇步，这一种古老的技艺始于唐宋时期，而仕水碇步则是我国现存的保留最完好、最古老、最长的古代碇步桥，也因此，这看似平常的碇步已被列入全国文物保护单位。

（一四）

我和朋友一起踏上河中碇步。走过去，又走回来。宽宽的仕水之上，世界都很宁静，耳畔唯有水声呢喃。建造这碇步的古人也甚为用心，高的碇步用的是白色花岗石，低的则用青石深砌。以石质与颜色作这样的区别，不仅美观，而且醒目，行人在夜间行走时，也可以借着星月的微光看清脚下。

我在河中的一块碇步上坐了一会儿，观察碇步石基的建造之法。在碇步的上下游两侧，都有松木构成井字形，松木与松木的接头，以榫卯结构固定。然后，再在井字形框架内堆砌大鹅卵石。另外，碇步大石本身，也是埋得极深，水上暴露部分只是完整石块的三分之一，更多的部分则深埋于河床之中。此外，高一行、矮一行的两排碇步，紧紧并列相靠，在水流的上方附一块三角状小石，既起到固定的作用，也有着分水的功能，可抵御水流经年累月的冲击。

这看似简单的碇步，背后有着极深的匠心。观察得越细，就越忍不住要赞叹古人的智慧。

如今，在离碇步不远的河上，有一座公路桥连通两岸，不过，就在我走过去又走过来的一小段时间里，先后有十几个人都从碇步上走过。看来，这古老的碇步，至今仍被人们所使用。

世间之物，正是因为在被使用着，才更有生命力。物因为使用，留下闪光的痕迹。看看碇步的石面，可以发现它们都被无数的脚掌和经年的流水磨得浑圆了。这难道不是对于碇步之石最高的赞美吗？

日本民俗学者柳田国男说，日常生活里有着文化的隐秘。他凭借遍布日本列岛的日常生活文化的点点滴滴，探析日本人的内在文化精神。我想，从仕水碇步和遍布乡野的古老廊桥中，或许也能探析出泰顺乡民对于生活的深层理解。

泰顺人很幸福，直到今天，他们还能跟古人一样，在月夜走上碇步，踏着月光行走。

（五）晚春的太阳晒在身上很舒服，午困袭来，我就在碇步一头的亭子里打了一个盹。后来朋友开玩笑问我，有没有梦到碇步龙？

碇步龙，说来很有意思，就是在这仕水碇步上舞龙。舞龙的民俗，其实遍及中华大地，我听说的就有布龙、草龙、板凳龙、花龙、竹节龙，林林总总数不清。但是在碇步上舞龙，还是第一次听说。

碇步舞龙，跟平地舞龙相比，当然是平添了不少难度。一方面手上要有力道，搭龙坪、龙戏珠、龙舔珠、龙咬珠，这些动作都要做得行云流水；另一方面，当然是底盘要稳，腾挪跳跃之间，每一步都要准确地踩在碇步上。舞龙动作很多，从"开龙门"到"关龙门"，听说一共有六十多个套路，全部动作，都在碇步上完成。

我在泗溪临水宫的非遗展示馆里，看过碇步舞龙的图片，蜿蜒盘旋的彩龙伴着舞者的身影倒映于水中，远处则是古老的北涧廊桥，参天古树香樟和乌桕掩映，构成人与自然互动的一幅美妙图画。

（六）

在雅阳采访普宾桥畔的守桥老婆婆，以及她的孙子、廊桥营造技艺的传人吴学养，中午又在他们家里，和工匠们一起吃了饭。学养劝我喝一口烧酒。那是他们当地的酒。我想喝,但因下午还要开车,遂拒绝了。学养邀我下次一定要来,好好喝一口酒。他主墨营建的永和桥已经竣工,定于辛丑年中秋举行圆桥仪式,邀请我前往参加。

  计划赶不上变化,就在永和桥的圆桥仪式紧锣密鼓筹备之时,新冠疫情防控吃紧,听说是闽地有疫情苗头,各种活动都受控制,尽量减少人员集聚。我原对廊桥的圆桥仪式特别感兴趣,也想借此好好见证整个过程。此前,虽已在几本书中看过圆桥仪式的文字记录,但毕竟文学的角度和社科研究的角度是迥然相异的。趁着圆桥仪式的举行,好好做一番采访的计划遂告搁浅。

  学养比我小两岁,是个极热情的人,那天还陪我们在村庄四面走了走,看古桥,走古道,聊生活中的各种事。之后我们建立了密切的联系。圆桥仪式未举行,学养也颇有遗憾,但他说,时机合适时一定还要举行仪式。十一月,他给我发来一张照片,是温州市文化广电旅游局颁发的温州市第五批非物质文化遗产"木拱桥传统营造技艺"代表性传承人证书。

（七）

大概有七八次了，我从杭州奔赴浙南，穿行在冬春夏秋的时节之中，如同一个旅人，一步一步踏上每座古老的廊桥。

我时常想，等我有了空闲，说不定可以组织一个桥梁的游学团，带二十来位朋友一起来到泰顺，花上五六天时间专门看桥。

看桥，是一门学问。应当从哪个角度看桥呢，从建筑角度、风水角度、景观角度、民俗风情角度、人与自然的角度、桥梁历史角度，都是可以的；我们既要去看原始的碇步桥，也要去看那遍及泰顺大地、令人惊叹的几十座古廊桥，当然还要去看运用现代化科技手段建造的新桥，这些都是非常有意思的事，泰顺是一座大地上的桥梁博物馆呀；当然，我们还可以去寻访那些造桥的老手艺人，看他们怎样一点一点，把一座虹桥骄傲地架在流水的上空。

看桥之余，我们就坐下来，喝喝泰顺的红曲酒，吃吃泰顺的特色小吃米面层、泥鳅汤；夜深之后，再吹吹山野里清新的风，抬头看看泰顺的星空——天气好的时候，在山里，抬头便是满天的繁星啊。

我想,如果我没有时间,泰顺的旅行社应该来做这样一件事,把"桥梁之旅"的品牌做起来。

(八)

泰顺的古廊桥,是大地上的册页,每一页都写满故园风雨。古廊桥的保护、修复、传承的故事,像树叶一样缀满泰顺人的时间之树。

桥在中国人的眼里,是诗意的载体,是通往理想境界的通道。河水阻隔了道路,没有舟,还有什么可以渡人过河。在中国传统文化中,造桥修路是行善积德的行为,不仅能改变修造人的命运,延年益寿,亦能造福子孙。清朝《安士全书》说,修建桥梁,渡人于川涧;布施施惠,渡人于贫穷;改恶修善,渡人于苦难;勤学好问,渡人于愚钝;修行学道,则是渡人超脱生死。

佛说:"渡人如渡己。"

更何况,在水口建造廊桥,对于一座村庄来说有村民极为看重的风水意义。廊桥关涉着一座村庄、一个家族的兴衰与运势。

在世间修一座桥，使远行的人可以安然行走，便利通行，亦犹如绝处逢生，免于惊恐。此举善莫大焉。因此，世世代代的泰顺乡民，建造廊桥时都是有钱出钱，有力出力，出资捐木，无不解囊相助，共襄盛举。这种对于公益事业的热忱，以及同舟共济的精神，使得廊桥成为善缘的载体。所有参与建桥的人，带着对未来的美好期盼，在心底种下善的种子。桥在人间经历风雨，善的种子在人间生根发芽。

一座古老的廊桥横亘于世间，架在时间的河流之上，它的存在，就是真善美的宣言。那岂止是一座座廊桥——那是祖先们对于人间的美好希冀，通过有形的物质载体，大音希声，潜移默化地传递给一代代的后来人。

（九）

熙熙攘攘的小巷菜场，近中午时分依然热闹。带着湿润泥土的新笋摆满地面，微雨之中，来自山野的蔬菜野果，裹挟山川云雾的气息充盈着这一条县城里的小小深巷。我穿过挤挤挨挨的人群，寻找一个地方：泰顺廊桥研究保护中心。

在一幢略显灰旧的老大楼里，泰顺廊桥研究保护中心的庄通向我缓缓地聊起关于廊桥的前世今生。一件件廊桥的往事，一个个跟廊桥有关的名字，在这个春天的午后浮上水面。夏碎香、高启新、季海波、钟晓波、萧云集、曾家快、周万巩……很多名字不分先后地随着叙述的线索跳出来；很多往事争先恐后地一点一点浮现眼前——几乎可以说，是一代又一代的民众和一代又一代的文物保护工作者，像接力一般，把他们的心力倾注在廊桥保护的事业上。那个午后，我第一次那样强烈地感受到，古老的廊桥之于泰顺民众的精神性意义。

后来，庄先生骑上一辆山地车，穿过深巷的菜场与人群，带我去一间小工作室，送给我几本书。在后来不断地寻访廊桥的过程中，我都记得他对我说的话——"请尽量多挖掘一下廊桥的精神……"事实上，每一次出发我都在思索，廊桥的精神是什么，廊桥之于泰顺民众的意义是什么——我的每一次探访，都围绕着这个原点出发；我的每一篇廊桥文字，都在经历遥远的跋涉之后，返回到这一个原点。

（十）

一程山，一程水，千帆阅尽，愿我们都能与更好的自己相遇。——理慈

空山新雨后，天气晚来秋。沈阳：安妮，抱朴。

最美的不是下雨天，而是和你躲过雨的廊桥。2020年9月20日，Whh and Ml。

泰顺好好玩哦！——Andrea

我觉得Andrea说得对！——Jade

明月照廊桥。——沈青妍，2020年10月2日

在我的采访本上，抄录着几段留言，这些都来自于北涧桥畔一个叫"情爱廊桥"的茶馆的留言簿。"到泰顺，一定要去看世界最美的廊桥；如果没有到情爱廊桥茶馆打卡，等于没有到过廊桥。"这是网上流传的一句话，据说很多外地游客到了北涧桥，一定要去这家茶馆拍照、喝茶、打卡。我知道，在古时候，廊桥边常常会有一间小小的茶馆，那是守桥人的居所，也是守桥人为过往旅人提供的歇脚之处。

而这家情爱廊桥茶馆有什么不一样吗?

走进去一看就知道了,这是时下年轻人最喜欢的文艺腔调的茶馆。

阿芬每天守在店里,看到我带着相机,就跟我说,楼上的每一扇窗子都是不一样的风景。如果有兴趣,你一年四季都可以来拍照。

这家店的主人不是我,是美辉姐,美辉姐在温州上班,所以平时就是我守在这里,阿芬说,因为我很喜欢啊。你看,早上八九点钟,鸡叫鸟叫都有了,平时也很宁静,我就拍拍照,发发朋友圈,宣传宣传我们的最美廊桥,这种慢生活,我真的很喜欢呀。

阿芬家在下桥村,离这里并不远,走走也就是几十步路。阿芬说,我现在其实也可以算是守桥人,我天天都看见廊桥。你看,现在那两棵大树的叶子是绿色的,到了秋天,乌桕树叶红了,树上会有很多鸟儿,有白鹭,也有画眉,各种各样的鸟都有。到了冬天,树叶落光了,也特别美。冬天过去,春天来了,你就能看见树叶一天比一天浓密起来,一天比一天绿起来。

我点了一杯"三杯香"绿茶,就在茶馆的二楼坐着,正对着阁楼的小窗。小窗外面是宁静的北溪,以及溪上的北涧桥,一窗的绿意,与阳光一起扑进来。

（十一）

我一次次去寻访廊桥，朋友说，那些廊桥已经有很多人都写过了，你还能写出什么新意来吗？关于廊桥，各种各样的资料网上都能找到了，你还需要一次次去寻访吗？

其实，每一次去廊桥，我都会有新的感悟、新的发现。正如柳田国男所说的那样，我也更愿意把廊桥放置在今天的日常生活里来观察；这即是说，我想找到一座廊桥与当下日常生活之间的隐秘关系。

"绝不是抄抄资料那么简单呢！"我对朋友说，有一次，我看到有一位老太太挎着一篮子鸡蛋坐在桥头，她是在那里卖鸡蛋。老太太年纪很大了，脸上的皱纹深深的，牙齿也掉了好些，但她的脸上，却并没有一点点愁苦。她坐在桥头卖鸡蛋，对每一个人都笑着，有人过来问价，她很开心，人家没买就走了，她还是一样笑着。我坐在对面，远远地看着这一幕，也看了好久。

（十二）

　　驱车行驶在泰顺境内，似乎一座桥紧连着一座桥，一个隧道紧接着一个隧道。无他，只因泰顺的山高，到处都是崇山峻岭。山峦起伏，群峰叠翠。当地朋友忆及他小时出门求学，到县城一趟，几乎是跋山涉水一整天。重重大山，道道溪水，构筑了世外桃源一般的泰顺秘境。

　　令泰顺人很自豪的是，2020年12月22日下午，文泰高速通车，结束了泰顺县不通高速的历史。这几乎是令人奔走相告的喜事。朋友对我说，"我们泰顺终于也有高速公路了"。文泰高速，是龙丽温高速公路的一段，从此把泰顺融进了浙江省的高速公路网络，融进了一条川流不息的大道。

　　相比之下，泰顺的古廊桥所连接起来的，都是刀耕火种时期的"小道"了——尽管昔时，那些小道都是通往四面八方的国道、省道，大多是靠山民们肩挑手提修建而成。一条条古道如今大多被荒草湮没，许多古道也已杳无人迹，不过，这也没有什么可以遗憾的，对吗？

　　在文泰高速的56公里路程中，有一组关于桥的数据：有桥梁33座，隧道20座，桥隧总长40.43余公里，占路线总长的72.24%。

几乎是桥梁和隧道构成了一条高速路呀。

也因此，文泰高速是目前——这么说吧，截至我写作时的2021年11月——浙江省内海拔最高、地形条件最差、施工难度最大的高速公路。可以说，它就是浙江的"天路"。

在这条"天路"里，也有一座桥——洪溪特大桥，全长571米，主跨265米，是亚洲跨径最大的双塔双索面矮塔斜拉桥。

"这座大桥塔高177米，桥面到谷底高差有260多米，相当于80多层楼房的高度。站在桥面上，犹如走进了一条'空中游步道'，尽收两岸美景。""天路"贯通时，有记者如是说。

洪溪特大桥的主墩，采用双塔结构，最大塔高177.2米，每座塔身两侧各有16对斜拉索，全桥共有64对斜拉索。

在一篇新闻报道中，参与大桥工程的建设者章长广回忆了他初次抵达泰顺时的场景。他说："这是我四十年职业生涯最大的挑战，我从没有干过这么难的工程。"

我想，这真的很有意思。泰顺人应该做一个节目，邀请一位洪溪特大桥的建设者，与一位廊桥技艺传承人，一起对话造桥的故事。

造一座桥，无论是大桥小桥，都有它自己的特点，也有它的难度。譬如洪溪特大桥这样的现代化大桥，最难的地方，据说是当地云雾天气对索塔施工的影响，这座桥的"索鞍"安装定位，偏差要控制在1.5毫米以内。

但是对于造一座廊桥来说，最难的地方，恐怕不是1毫米或2毫米的定位误差，而是在于对地形的判断——我猜，或者建于村庄水尾的哪个位置最合适，对于整座村庄的"风水"是最相宜的。在这方面，要听专业人士的意见，传统工匠与现代工匠的对话与碰撞，一定会非常有意思，也有价值。

"遥闻前山相对语，跨绕溪谷数里程。"

"百丈百滩，一滩一丈。迢迢罗阳，如在天上。"

这些书写泰顺行路之难的诗句，如今在当地已经无法得到准确印证。路归路，桥归桥，隧道归隧道，连在一起就成了坦途，就接通了四面八方。

（十三）

在一本书里，读到美国诗人哈特·克莱恩的一首诗，《致布鲁克林大桥》：

在桥墩的阴影之下,我静静地等待着,

只有在黑夜里你的轮廓如此清晰。

城市的喧哗在此刻幻化成泡影,

而大雪已将来年漆成白色……

哈特·克莱恩有一部诗集就是《桥》,这首诗里写到的布鲁克林大桥,与自由女神像齐名,被誉为工业时代七大工程奇迹之一。这座当时全世界最长的大桥,彻底缩短了人与人、城市与城市之间的距离。浙江大学出版社有一本书,《造桥的人》,写的是布鲁克林大桥总工程师华盛顿·罗布林的人生轨迹。

我带着厚厚的《造桥的人》,来到浙江南部的泰顺,坐在廊桥边的一间茶馆里读这本书。这使得我忽然有了一种更国际化的视角来看待古老的廊桥。廊桥不仅是泰顺的,也不仅是中国的,它是属于全人类的。

桥向来不仅仅是连接两岸的工具,它还象征着"连接"的渴望,也象征着"连接"的可能。造布鲁克林大桥的人,值得用一本书去书写。造廊桥的人,是不是也值得用一本书去书写?

《造桥的人》的作者说:"于是,我尽力而为,动手写下了这个有缺点的迷人男子,这个造桥的人。华盛顿是儿子,是军人,是丈夫,是父亲,是工程师,也是商人。他的一生,和众人的一生一样,错综复杂。"

我走在一座廊桥上,也多么想接近一位造廊桥的人,听取他一生的故事。

(十四) 至于廊桥的名称——我同学老包说,他们乡人以前叫它"柴桥"。温州市廊桥文化学会会长钟晓波也说到,在他小时候,人们都把廊桥叫作"蜈蚣桥"。偶尔也有人叫"虹桥","廊桥"这个名称的流行与1995年美国的一部电影《廊桥遗梦》有关。这部电影一下子拉近了这种桥上带有廊屋的建筑与全世界人民的距离。1996年11月,摄影师萧云集将他的廊桥摄影作品配上带有人文介绍的文字,取标题为《浙南廊桥有遗篇》,这组作品登上了《中国摄影报》,浙南廊桥由此引起了广泛关注。从那以后,"泰顺廊桥"慢慢地成了这种古桥的固定称谓。

在电影里,廊桥边的爱情故事令无数人感动落泪。而泰顺的廊桥,似乎都与爱情绝缘。薛一泉写过一本书,其中一篇的标题是《没有爱情故事的廊桥》。但在我的采访中，又的确有一个动人的爱情故事与廊桥紧密相连，那就是廊桥学会会长钟晓波与他的妻子海沙的故事。他们因廊桥相识，因廊桥相恋，第一次牵手也是在廊桥上。这个动人的故事被我写进了《廊桥相见》中。这也应该是这个故事第一次被这样完整地叙述。我想，人与廊桥，从来都是相互的成全。

（十五）

　　如果有机会，可以举办一场廊桥音乐会。不如，就在廊桥上吹奏尺八吧——本来永和桥圆桥仪式如期举行的话，晓波和海沙都会去参加，后来因为疫情关系推迟了，我也依然心怀期待。晓波说，也许下次举行，还会有不一样的惊喜。廊桥的建造，对于一座村庄来说，本来就是一件大喜事，小小的波折或插曲，自然也是上天的安排，顺其自然即好。对于晓波的意思，我是很认同的。而我也是在想，下次去时，不妨请一位尺八的吹奏者，在廊桥表演一回。

　　记得有一回，去杭州的永福寺，在后山随意行走之时，无意间听到一阵辽阔苍凉的乐音传来。永福寺内，古木参天，林密径幽，当天又有微雨斜飞，忽然听到这样的乐音，不由使人一怔，内心立时更加宁静清寂了。转了几个弯，下了数十级台阶，来到一处小小回廊平台，见一位布衣长衫、扎着头发的男子在吹奏尺八。

尺八音乐，我在一部纪录片《一生一世》中听过，被它独特的空灵和恬静的意境所打动。但那毕竟是在音箱中听闻，不曾现场听过吹奏。永福寺的那一次偶遇，使我更加明了尺八音色里的苍凉寂静。我也没有驻足，依然前行，走出很远之后，尺八的乐音仍远远传来。

有什么比尺八更适合廊桥这种山水之间的风雨建筑呢。作为中国古代的传统乐器，尺八在唐代传入日本，杭州的护国仁王禅寺一直被视为尺八的祖庭，每年都有来自日本的学人前来祭拜。而泰顺的廊桥，我相信宋代之时也一定就存在于这绿水青山之间了。三条桥就始建于宋代。那么，中国古老的乐音，在源自宋代的廊桥上吹响，不是一件极有雅意的事情吗？

尺八声音里的空寂与清幽，是一种翛然独立的洒脱，也是一种超越凡尘的静定。这人间传世的廊桥，正是最好的物证。尺八里，有一支曲子《鹿之远音》，我想象中，也一定有仙鹿在夜深人静之时，于廊桥上悄然驻足。

（十六）

看完文兴桥，尤静静带我去筱村镇坳头村的伴山云居吃饭。坳头村是一个仅有七百人的小山村，实际常住村里的还不到半数。跟大多数乡村一样，年轻人进城谋生，田地抛荒，空置无人的老房子也几近坍塌。后来，有一位在上海创业的乡贤老板回到筱村，带着乡愁，开发建筑了那一片规模巨大的筱村公社旅游项目。

静静说，泰顺人都有很浓的家乡情结。很多人在大城市创业成功，最终还是回归到乡土。譬如这位伴山云居的老板，就是这些年"泰商回归"的一个缩影。他在这个项目上，听说已经投入了1.5亿，有果园、农庄，也有民宿、度假木屋、民俗馆，有游客集散中心等等，把整个村庄都盘活了。一到节假日，村庄里停满了车，外面来的人给乡村带来了满满的活力。

那天很遗憾，我们没有碰上这位乡贤。吃饭的时候，静静还说，筱村的文兴桥、文重桥被洪水冲毁之后，这位老板就捐了二十万元。不过他也并不要宣传什么的。怎么说呢，廊桥的事，泰顺人都是有钱出钱，有力出力的。真要说嘛，可能，这就是家乡的凝聚力。

后来我也在想，这些年泰商回归是为什么呢？会不会因为，自己的故乡有廊桥？

（十七）

今天我们应该怎么注视一座廊桥？

好几次，采访结束时，我一个人坐在岸边，远远地，静静地，看着那些古老的廊桥。在天地之间，它们遗世独立，傲经风雨。一座桥与一座村庄，一座桥与世代家族，一座桥与不息的流水，一座桥与不绝的光阴——密不可分，你中有我，我中有你。正是在这样的关系里，隐藏着一个族群无数的故事，隐藏着一个族群的密码，也隐藏着他们所希冀的未来。

说起来，这就是文化吧，也是深深融进每一个人血液里的，无尽的乡愁。

泰顺人很幸福,直到今天,他们还能跟古人一样,在月夜走上碇步,踏着月光行走。

〔图十三〕乌岩岭廊桥

古老的廊桥,更加古老的大树,比大树还要古老的溪流,此时显示出它巨大的力量。这种力量,既是宁静,又是震撼。

〔图十四〕北涧桥

七 廊桥之神

人们把内心的祈求交出,把负累交出,把无力交出,把卑微交出;
从这廊桥上走出去,走向外面喧喧嚣嚣的俗世,
人们抖擞起精神,去奋斗,去打拼,
去为向神明祈祷过的每一个幸福与安宁,一点一滴地交付自己的努力。

——题记

深秋时节，与萧兄一起到泰顺走红枫古道。泰顺的红枫古道颇负盛名，经典线路也有好几条，这一回萧兄建议走一走三滩岭一带。这条古道，始于罗阳镇沙堤村上庄，止于三滩村半岭亭，西南往东北走向，全长约有十来公里。沿途枫树密集，算得是三滩古道枫树保存最好的一段。我们行于古道之上，时在午后，暖阳融融，斜照在参天林立的古枫树上，映出枫叶或深或浅的黄红之色，远远近近，高高低低，火红，橘红，橙黄，金黄，及至黄绿之色，时间的渐变之手，都在各种树叶上涂抹出来，阳光的照射又给这些颜色增添变幻魔力，不同角度、不同距离观察，树叶上的颜色都会有所不同。

我与萧兄一边前行，一边用相机拍摄，不停按下快门，然而摄入镜头的颜色，都比眼睛所见逊色不少。想来，最好的景色，还是只宜用眼睛观看，存入心间。一边感叹，一边前行，耳畔秋风飒飒，脚下落叶沙沙作响。一路又遇不少陌生人，三三两两，都是前来踏秋赏枫的。徒步之时，刚巧收到友人南山居士从日本京都发来的清水寺红叶照片，而我回馈泰顺三滩古道红叶美图，此可谓：山川异域，风月同天。

泰顺的古道迢迢，这与浙南山区山高水长的地理条件有关。譬如这一条三滩古道，与百丈镇的叶山寮古道相连，清中叶之后，这是当地最为繁忙的一条交通路线，来往于泰顺县城和温州的陆路主干道。古道蜿蜒崎岖，翻山越水，连接着一个个古老宁静的村庄，也连接着一座座繁华热闹的集镇。古来多少人，就行走奔忙在这样的古道上，赴试、做官、生存、谋食，奔赴各自的悲喜人生。古来多少事，就在这样的古道上发生，相聚、别离、死死、生生，殊途同归或者分道扬镳。一去一回，光阴流逝。一往一返，世事变迁。唯有古道无言，看尽这世间沧桑。

串联着这一条条古道的，还有那散落在山间深溪之上的古桥——有的是古朴原始的碇步，几步即可过河；有的是那简简单单的木桥，不过架三四根柴木稍加捆扎，即可连通两岸；有的是苍老沉郁的石拱桥，建成不知几许年也，石上早已爬满青苔薜荔；有的就是那巍巍矗立的廊桥，气象俨然，长虹架通溪河两岸。这些古桥，是古道长曲中的一个个音符，项链上的一颗颗明珠，也像是漫漫人生的一座座驿站，成为穿越时空中的重要节点，成为记录历史的文化载体。

萧兄曾问我，一次又一次去寻访古廊桥，你印象最深的是什么？

我想了想，应该是古廊桥作为文化的存在，以及它与民众日常生活之间的关系，是最让我印象深刻，也是让我最感兴趣的地方。

在泗溪的北涧桥，好些村民跟我说过，这座桥在他们心中很重要。"有菩萨保佑的……"村头茶馆里喝茶的老人，呷一口浓茶，悠然地说道。在他看来，这座廊桥保佑了附近所有的人家。

我问，是不是指廊桥上供着的菩萨？

老人点点头，说，对，就是这样。

廊桥从来不单单为交通的便利而存在。在数百年间，北涧桥上中间位置的神龛里，都供奉几尊神灵，常年香火不断。泰顺的廊桥，大多兼有宫庙的功能，为民间祭祀提供了独特的场所。在泰顺乡间寻访之时，常可见到桥屋中的神龛所处的位置不尽相同。如薛宅桥，神龛是设在廊屋正中的廊间；三条桥的神龛，则是设在桥头一边，正对廊桥的走道；而刘宅桥，因为廊桥上面有阁楼，神龛则设在楼上。

设有神龛的廊桥，往往与同样建在村落水口的宫庙形成一个祭祀中心。溪东桥的一侧，建有临水宫、陈大翁宫、三宝殿等庙宇建筑。临水宫现在是非物质文化遗产展览馆，原先是泰顺同类神庙中规模最大的一座，香火也最为旺盛。溪东桥上,神龛里也供奉着许多神像,以前香火也很旺盛。现在出于保护文物的需要,廊桥上的香火大多已被禁止,神像前只摆放一些花束果盘。

廊桥营造大师董直机,曾在口述史中说到廊桥的功能。(《浙江省国家级非物质文化遗产代表性传承人口述史丛书·董直机卷》,郭艺2020)他说,廊桥的功能很多——

> 第一功能,就是交通;第二是风水。同乐桥建起来以后,那些实习的大学生,铺盖背起来,可以在廊桥歇夜呢,节省钞票嘛。老年人,身体不好,廊桥都是建在溪面上,通风的,走出来凉快凉快,解解闷,也是一个好处。过去修桥铺路,做公益事,想为下代好,都愿意写缘,有的还自己做头人、做首事建桥,积德行善,也是一项功能。从前桥建起来以后,还要塑菩萨,过路过桥的人拜拜菩萨,保平安,自己出门也放心,这也是一种功能。他们修桥铺路,都是在帮别人过渡。你看,有些地方可用渡船,但是在水上终究不太平,要是桥建起来,就不用船啦。发洪水,有些(地方)走不过去,洪水就把你留住了;有桥呢,就可以过去了,想走到哪里就去哪里,这也是一种功能。

廊桥在那里，神明在上，人们的内心便觉得安宁。廊桥也因此为人们寄托了很多对美好生活的向往。第一个向往，如果功利一点来说，自然是保佑廊桥本身的安稳。从前人们造一座廊桥，是极不容易的事，必须到处集资写缘，大家出钱出木，集全村之力、耗数年光阴，才能建成。廊桥架于水上，山中洪水来急，桥被水冲走是常有的事，当地许多廊桥，都屡毁屡建。人们认为，万物有灵，树有树神，桥有桥神，桥神会保护廊桥自身的安宁。人们在桥上多祭拜桥神，桥就不会被湍急的山溪冲走。

桥神之外，保佑出行平安的路神，还有各种可以保佑一方平安的神灵，也一并被请上了廊桥。那些神灵的塑像，许多人往往分不清，但并不影响人们的祭拜。在这些廊桥的神龛里，神灵们默默无言，长久地驻守，自有一份威严在此，过路旅人行经此地，都会驻足停留，小心翼翼地合十祈祷，保佑平安。

采访者：廊桥里面的神龛都供着什么菩萨呢？

董直机：廊桥神龛供的主要是观音菩萨、财神、土地，这三样。财神，叫赵元帅，保佑我们发财。我先前讲过了，桥亭佛塔，主要是观音佛，叫送子观音，送来小孩子，能让人家变得兴旺。

廊桥神龛的祭祀对象各地并不统一，有佛教的观世音菩萨，也有道教中的门神神荼和郁垒，尉迟恭与秦琼，还有能给读书人带来好运的文昌帝君和帮人发家的财神爷赵公明。除此之外就是地方神灵，如临水夫人陈十四、马仙姑、当境地主爷等等。(《解读廊桥》，薛一泉2005)

观世音，是"西方三圣"之一，唐时因避太宗李世民之讳，去"世"字，略称"观音"，为中国佛教四大菩萨之一，也是民间最受百姓欢迎的祭祀对象。观世音是大慈大悲的菩萨，遇到困难之时，众生只要诵念其名号，"菩萨即时观其音声"，前往拯救，助其解脱。

道教人物在廊桥神龛的神像中，所占比例也较大。"泰顺廊桥中供奉神灵偶像最多的数南溪桥。神龛中的神像有属于道教人物的，如五显灵官、行雨龙王、土地公以及众神的守护神千里眼、顺风耳等。……廊桥神龛中的地方神有临水夫人陈十四、马仙姑、忠烈王等，陈十四和马仙姑由邻县传入。"(《解读廊桥》)

陈十四，是比妈祖还早的保护神，浙江师范大学音乐学院教授田中娟，做过"浙江陈十四夫人信仰及其艺术演绎形式研究"，该研究成果被列为浙江省哲学社会科学重点课题。研究认为，陈十四"不仅有顺懿夫人、慈济夫人、天仙圣母、顺天圣母、通天顺母、临水夫人等宫廷封号,而且有陈靖姑、陈静姑等俗名,民间又有陈十四娘娘、奶娘、大奶夫人、注生娘娘之称"。

陈十四因其有昭惠慈济、扶危解厄、赐麟送子、保赤佑童、驱瘟除疫、禳灾祈福、护国安邦、保域安民之灵应,而得到无数民众的崇仰与膜拜。唐中期以来便香火旺盛,在东南沿海,尤其闽、浙、赣、粤等地流行,比诞生于宋朝的妈祖信仰还要早。此后,陈十四信仰又随华人的足迹漂洋过海,遍及港澳台地区,以及东南亚各国和欧美各国的华人集居地。

据考证,陈十四"原为闽县下渡人",祖上世代为巫。她生于唐大历二年(公元767年)正月十四子夜,故名陈十四;卒于唐贞元六年(公元790年),终年24岁。相传她少时即聪慧灵异,14岁上闾山学法,精通天文、地理、武术、医术,学成下山后奔走于闽、浙、赣各地,一路斩妖除恶、驱瘟除疫、祈雨禳灾、驱邪镇煞,深受百姓的爱戴与敬仰。在她24岁时,闽地大旱,禾苗干枯,为拯救黎民百姓于水火之中,她不顾怀有身孕,决意行罡作法,脱胎祈雨,终因流血过多,寒侵六腑而身亡。

临终时留下誓言:"吾死后必为神,救人于产难。"民众深受其惠,感其恩德,遂立庙祀之。

(《陈十四:比妈祖还早的保护神》,田中娟2020)

我在泰顺乡间行走寻访,时常能见到临水宫或陈十四娘娘庙。白粉墙村的陈夫人宫,因庙里供奉的圣母塑像藏有陈靖姑真人指甲一片,历代香火鼎盛,为泰顺所有夫人宫中初建最早、最具规模、影响最大的宫庙。此宫在浙闽地区影响巨大,于2006年被列为国家级文保单位东溪桥附属建筑。

白粉墙村还于1992年在永安门岭头新建夫人宫。新宫三层,依山而建,一、二层供举办庙会福宴使用,三层地坪共四千多平方米,其中临水宫、戏台等建筑面积为三百八十平方米。

二月二庙会,也同样是纪念陈十四的民俗活动。白粉墙村每年都会举办二月二庙会,该庙会始于清雍正十三年(1735),至今已有近三百年历史。活动从二月初一开始,请来木偶戏班,连续演出三天。初二凌晨,众首事在夫人宫祈福许愿,供奉香花,殿前大埕摆"福糍"祭筵,首事们上香朝拜。上午八时许,踩街开始,八个轿夫从夫人宫抬出陈夫人神像,一路鼓乐齐鸣,彩旗飘扬。舞龙、舞马、腰鼓、吹奏,踩街队伍一路行经之处,善男信女争先恐后上香,各个街口做"拦街福"。踩街结束后，陈夫人神像归宫。十一时过后，福宴开始，数千人共进午餐。

泰顺名闻遐迩的"百家宴"活动，会在元宵节举办，这一天被认为是陈夫人的诞辰日。作为年味十足的传统民俗文化活动，泰顺"百家宴"始于北宋时期，由民间族人内部祈祷仪式"做春福"演变而来，意为迎春接福。2007年，泰顺因"百家宴"被确定为浙江省元宵节传统节日保护示范地；2009年，泰顺"百家宴"被列入第三批省级非遗保护名录；2010年的元宵节，泰顺举办过一次大规模的"百家宴"活动，宴席超过六千桌，入席客人超过六万人，被载入吉尼斯纪录。

"百家宴"的活动内容越来越丰富，但始终没有脱离最根本的内容，即以盛大典礼祭拜地方神祇陈十四娘娘和木偶戏神王乞佬。

泰顺民间的祭祀最佳场所自然是风雨廊桥。农历每月的初一、十五，当地的人们都会来到廊桥，焚香祭祀，正月则是祭祀最隆重的时期。想想也就知道，人们平时忙于外出经商、工作，只有在正月里回乡聚会过节，这也是乡村里最热闹的时间。很多重要的事情会在正月里举行。廊桥祭祀之时，乡民们从四面八方汇聚到桥上，在神龛前依次摆上三牲福礼，如黄鱼、鸡鸭、猪头之类，再添两盘时令水果，插上几炷香，便磕头祷告。

乡民们在神明面前跪下来，虔诚地磕头，祈求全家人身体健康，万事如意，也祈求来年风调雨顺，事业兴旺。廊桥上的神明，虽然并不只有一位，各自的职责也略有不同，但这都不影响乡民们祭拜时内心的敬畏与虔诚。乡民们早早就认识到，人生短暂，人活在世间，都是要有所敬畏的。许多事情，人力所不及，徒叹奈何，乡民们早就懂得自己的渺小与卑微，懂得有些事可以做，有些事坚决不能干。神明在上，英明洞察这所有一切。神明们一定都能体谅这世上的悲苦，也能护佑这人间小小一方的平安。乡民们在神明面前跪下来，双手合十，朝着神明们深深地俯下身去，把额头低低地磕到地上，用这样一种虔诚的方式，祈求眼下的艰辛与困难、病厄与苦痛，都能早早地结束，也祈求这人间好不容易获得的安宁与幸福，能持续得长久、更长久一些；祈求这一年能风调雨顺，五谷丰登，六畜兴旺，也祈求接下来的日子里，所有的努力都不白费，所有的付出都有回报。

廊桥之下，川流不息。廊桥之上，人来人往。每一个人都有自己的祈求，有自己想要达成的愿望。就在这廊桥上，在看起来甚至有些简陋的神龛面前，人们与高处的某些神明达成了精神上的沟通。这是一个人神交流、心灵交换的空间。在这里，人们把内心的祈求交出，把负累交出，把无力交出，把卑微交出；从这廊桥上走出去，走向外面喧喧嚣嚣的俗世，人们抖擞起精神，去奋斗，去打拼，去为向神明祈祷过的每一个幸福与安宁，一点一滴地交付自己的努力。

一座廊桥，架通的是溪流两岸，走过一座廊桥，人们从此岸到达了彼岸。而廊桥上的神明，何尝不是一座帮助人们从此岸渡到彼岸的精神之桥？

对于一座村庄来说，廊桥具有更大的能量，它是村庄的风水图腾。

廊桥跟风水的关系，一直是非常紧密的。要读懂廊桥，就要懂得廊桥之于当地人的想法，懂得一座廊桥之于村庄、族群的重要意义。尽管以往人们把风水看作是迷信，但放在中国文化的视野里来观察，风水就是从古代绵延至今的文化现象，含有丰富的文化信息。譬如，在董直机老人生前的口述史中，有一段也重点说到了廊桥与风水的关系——

采访者：有泰顺这种地理环境，才会有这种桥，你看历史上，温州那边就没有（类似的桥）。

董直机：泰顺这种桥是讲风水的，有拦水口的作用。有些地方的桥建起来是为了交通，有些主要是为了做风水。学地理的人，都说水尾要拦牢，才会有财源。

"拦水口",在泰顺乡村很多地方都流行这样的说法,即认为水口两边的山到了晚上都能闭合,这是一种吉兆。因此,要建桥来关联水口,使财富不外流。

采访者:龟湖有座城水桥,您去过没?桥址就是叫风水先生定的。

董直机:一般建筑都有栋煞(指房屋对其屋檐正脊所对之建筑产生的煞气),这个煞很厉害的,但是桥栋没有煞,桥栋反而是有利的,谁家的人家厝朝着桥栋,都觉得很安心,好像能得到护佑。建桥的时候选桥基,要两头没东西,比如没有坟,坟要是被桥栋煞着,就受不了。

采访者:建桥一般在水尾,具体位置由谁挑呢?龟湖那条桥,是叫风水先生来挑地点的;薛宅桥,当地薛氏家谱有记载,之前选的几个地点,桥建起来没多久都给大水冲掉了,后来重新挑了现在这个地点,藏风聚气,又不在风口,又避水。建桥选地方,讲究还是很多的。

董直机:是的,定桥址,就是风水先生说的"坐字",坐字要利。你要看水门怎样走,应该坐什么字,都有讲究。阴阳先生呢，看风水主要看出水。比如葬坟，出水的字一定要利。

每一座廊桥都关系着一个村庄所有人的运势。风水家把水视为山的血脉，认为"凡到一乡之中，先看水城归哪一边，水抱边可寻地，水反边不可下"（《堪舆泄秘》）。山环水绕，不仅是景色的问题。水来之处，称为"天门"。水之去处，称为"地门"。"天门"和"地门"总称为"水口"。水口在古代村落的空间结构中，有着非常重要的地位。水在民间被视作财源。天门开，有水来，无穷无尽，代表着财源滚滚而来；地门闭，层密截留，聚气藏财，代表着财富可以积聚下来。

泰顺的水，是流淌于崇山峻岭中的水，有着不测的独特性格。山溪曲涧稍溢则汛，稍旱则涸。自然灾害的破坏性，是令人震惊的。先民早就认识到自然力量的不可阻抗，也因此更加相信"风水"的作用，也就是说，懂得遵循自然之道的智慧。

中国台湾学者萧百兴，认为廊桥是乡民们"与水周旋"的经验结晶。他认为，先民们在营造聚落之时，借由廊桥位于水口等处的兴筑，以勾连交通，也塑造因应山溪的宜居环境。"泰顺廊桥并非只是一座结构理性论述下单纯的实质功能或结构安全之桥，而是一座在社会日常生活空间中被兴造出

的意义之桥。"(《灵明泰顺》，萧百兴2009)

"山水者，阴阳之气也。"(《青囊海角经》) 2005年，王其亨等写作的《风水理论研究》(第二版)指出："风水实际上是集地质学、生态学、经管学、建筑学、伦理学、心理学、美学于一体的综合性、系统性很强的古代建筑规划设计理论，它与营造学、造园学构成了中国古代建筑理论的三大支柱。"

风水学的山水精髓，归根结底是为了择出最合适的人居环境，以达到人和自然的和谐统一。山主人丁，水主财。山环水抱，则能藏风聚气。好山水带来好风水，好风水带来好运势，而廊桥的建造，是好风水的重要一环，常常可以弥补地理环境的先天不足。当村落的水口太宽时，就在两山之间，建造一座廊桥来关锁水口。

薛宅桥在历史上的故事，足以说明风水在民众认知里的重要性。清乾隆己未年（1739），薛氏族人准备在水毁的锦溪桥旧址建造蜈蚣桥，而张氏族人认为，如果在此处建桥，对薛宅来说是好事，关锁水口，对张宅来说，却是大为不利，极力阻拦。双方日久生隙，针锋相对，互不相让，以至于大动干戈。薛宅桥经历了几番波折，最终在新任官员的介入下才告落成。

在今日的泰顺，木拱廊桥营造作为国家级的非物质文化遗产，得到从官方到民间各界的认可与支持，各地新建的廊桥也不断涌现。时至今日，廊桥的新建，风水的意义自然已经弱化，而文化的意义上升到最重要的高度。另外，作为景观的一部分，廊桥扮演着非同寻常的角色，廊桥之美得到更加深刻、更加充分的认知。

走在红枫古道上，簌簌秋风吹落树叶，这孤寂落寞的美，使人一下子与中国古典文学接通起来。

"无边落木萧萧下，不尽长江滚滚来。"（唐·杜甫《登高》）

"自古逢秋悲寂寥，我言秋日胜春朝。"（唐·刘禹锡《秋词》）

"秋景堪题，红叶满山溪。松径偏宜，黄菊绕东篱。"（元·关汉卿《碧玉箫·秋景堪题》）

"枯藤老树昏鸦，小桥流水人家。"（元·马致远《天净沙·秋思》）

我与萧兄道，对于眼前事物的感受，需要中国文化的记忆参与进来，才能更好地领略这些意境。倘若没有这一份文化的秋思，这眼前的古道，无边的落叶，都只是纯粹的自然之景；而因为有了那些诗词，这古道，这落叶，便都是源远流长的中国文化里的古道与落叶了,每一级石阶,每一片落叶,都沾染着文化的情思。

这情境,正如我们面对一座古老廊桥时的感受是一样的。当你没有做好文化的准备,凭空面对一座廊桥,只觉得眼前不过是一座普通的廊桥而已;而当你懂得了廊桥的文化,知道这一种桥突破历史的天空而来,与你在此一刻相对,你懂得它的绝妙与珍稀,懂得它的沧桑与智慧,亦懂得它所联结的乡民们的情感,这一刻便是无比震撼的。一座廊桥,在山水之中,天地之间,那样静默地矗立在那里,什么也不说,它却仿佛是在向你静静地讲述,讲述那几百年间的沧桑风雨与民众的集体记忆。

这时候,你就知道了,这廊桥是天地之间大美的存在。

这个美,就是文化的信仰。

我在温州博物馆采访廊桥保护专家季海波先生的时候,他向我讲述一座座廊桥的故事,当讲到洪水冲毁三座"国保"廊桥,周边群众目睹日日相伴的廊桥忽然从视野中消失,那一刻众人泪水奔涌而出;讲到他自己接到电话,说廊桥被冲倒时,一下哭出声来——我似乎也能感同身受,觉得自己便是生活在那廊桥畔的乡人,觉得自己也是晨昏之间往来廊桥的旅人,听到桥毁之时,心中忽然空落落的了,似乎一下子六神无主了。

这是传统文化留给我们的共同的情感与记忆。

共同的情感与记忆，需要依靠一套"动作"来完成，通过一次次的循环与重复，强化这种情感与记忆。我们看见秋天，就会想起那些诗词；看见下一个秋天，还会想起那些诗词。于是，那些诗句就永远地镌刻在秋天的记忆里了。乡民们看见廊桥，心里就会升起崇敬之情。每一次祭拜桥上的神明，心里也会升起崇敬之情。于是，这崇敬也就永远地镌刻在廊桥的记忆里了。

董直机在八十岁高龄造同乐桥时，一整套与廊桥建造工艺相关的严肃仪式同时被唤醒，也被文化工作者们记录下来。选栋梁、择吉、祭木工神、祭梁神、抛梁——这些仪式，跟他六十多年前参与建造一座桥时几乎完全相同。这些仪式为廊桥的建造增添了神秘的色彩。

首先，建廊桥要确定一位或几位首事，也就是统领建桥所有事务的人。他要发动很多人来赞助和出资。

其次，要请风水先生来选桥址。如前所述，这一方面是考虑廊桥本身的安全，另一方面还要考虑廊桥给村子、村民带来的影响。

廊桥要用到的栋梁，在整座桥的用材中等级最高、分量最重，需要组织人员到山上精挑细选。入选为栋梁的木材，必须长在"洁净"之地——在这根树木的周围没有坟墓、茅厕,在树木的上方没有道路。对于木材本身也有要求,长相要好,除主干外,在根部要有长势良好的嫩枝,代表此木"后代"兴旺。此外,这棵树的拥有者必须父母健在,子孙兴旺,合家太平。(《木拱桥传统营造技艺》,薛一泉、叶树生 2014)

砍栋梁也必须很讲究。从砍栋梁吉日前七天开始,每天都要祭拜此树一次。吉日当天,必须在良辰之时挥斧砍树。砍树不能用锯子,必须用斧头。栋梁木将要倒下时,要拉住系在树上的绳索,控制倒下的方向,须让栋梁木向里侧倒下,不能向外翻倒。栋梁木砍倒之后,不能去皮,在鞭炮声中,众人将伐好的木头披上红绸,抬下山去。搬木头下山的人,必须是双亲健在、下有儿女,且家庭和睦、个人品行得到全村一致认可的男子。栋梁木下山后,从此不能着地,以保持它特殊的身份。到了工地,用"柴马"把栋梁架起,绳墨当即动手,用砍刀削去树皮,倒入溪中,随溪流漂走。要是其他材木的树皮或剩料,人家可以捡回家去当柴木烧,栋梁木有着不一般的尊贵身份,树皮是烧不得的。(《木拱桥传统营造技艺》)

伴随着廊桥建造的整个过程,有着一系列神圣的祭祀仪式。从动工开建的"祭溪祈佑",到隆重的"上梁仪式",再到竣工后的"踏桥开走",以及之后每年重要时节里的祭祀习俗，这些仪式将贯穿于廊桥的一生。廊桥并非只是单一的交通建筑，而是地方文化的集合体。

如今，随着廊桥的实用性日益降低，营造廊桥的机会减少了，技艺的传承人也愈见稀少，有机会参与其中的民众也越来越少。与此同时，这些文化记忆也终将在历史的长河之中逐渐湮灭，唯有怀有强烈使命感的文化工作者，将这些仪式、记忆，用文字、影像等各种方式记录下来，以便在很久以后的将来留给后人。

廊桥保护专家季海波，时任泰顺县非遗保护中心主任，他见证了同乐桥建造的整个过程，并对相关仪式做了珍贵的记录。他说："它不是一座普通的桥，它甚至反映了泰顺人的精神脊梁，它便是民众当中，心灵的那座桥，可以打到对方最柔软处的。"

"礼失求诸野"。礼在哪里？在乡间。乡间蕴藏着深厚的文化瑰宝。廊桥是承载着这些内容的文化瑰宝。一座廊桥的建造，从开工到圆桥，把无数细细密密的传统习俗重新带回到人们的日常生活。在若干年的造桥时光中，整个族群的人得以温习千百年前的精神礼仪。在此时此刻，他们与自己早已离去的先辈们心意相通了。

一座崭新的廊桥出现在人们的视野当中，也留在了村庄的历史当中。从此之后，这个村庄的人们心中都有了一座廊桥，他们因此变得不一样了。在经历过造桥之后，他们仿佛忽然间懂得了先辈们从未说出过的秘密。

一座廊桥接通了新的道路。无数的人将会来到这座廊桥上。人们会在某些特殊又神圣的时候，在神龛前跪下来，虔诚地祈求神明的护佑；也会在平淡日子里，坐下来歇个脚，随意地聊聊天。甚至还会有很多人，带着他们刚收获的土特产或山货来到廊桥，这里便有了一个小型的商贸集市。算命的来了，拔牙游医也来了，贩卖义乌小商品的人带来最新款的衣帽鞋袜。这个村庄由此日渐一日地热闹起来。

如同映山红在涧边开放，一年比一年更老的廊桥尤其显现出它的拙朴之美。暮春时候，一场风雨过后，桥头的桃花落尽，花瓣零落为泥。

我放下沉重的登山包，坐在廊桥上歇脚，发着呆，听着桥下流水声音，也听着山谷里的鸟鸣声，看着桥头一地的花瓣出神。

这座柴桥，有什么好看的吗？

不知道什么时候，一位老妪也来到廊桥，看起来她像是本地人。她头发都白了，穿着一身藏青色的布衣，也坐在廊桥上歇脚。她问我，这座柴桥，有什么好看的吗？我对她笑了笑，回答：好看。

我们没有说什么了，她也看着眼前的山谷流水，默不作声。

采茶的人，背着竹篓从廊桥上走过。这些人都有点像是刚刚从陶渊明笔下的《桃花源记》走出来的。

古村，古道，古树，古桥，古人，古事。相对于新的美，我尤偏爱古之美。当然，新的东西也会在时光之中，伴随使用的过程留下磨损的痕迹，由此变得旧了，旧得久了，也就古了。古老的东西，将散发与之相配的幽静沉寂的色调，如同爬满斑斑锈迹的铜花瓶。

在雅阳溪自然村采访，遇到参与新建永和桥的首事周善灵。那个小自然村宁静极了，四面环山，山谷之间是大片的稻田。老周有几十年在外创业，早些年才回到村庄，在小村居住和生活。老周说："年轻的时候，不喜欢村子里这样平平淡淡的生活，想要出去闯荡，但是年纪渐渐大了，会觉得果然还是这里好，又回来了。泰顺像这样的人有很多。"

我想，也许，这就是廊桥之神的召唤吧。

泰顺的廊桥,大多兼有宫庙的功能。刘宅桥,因为廊桥上面有阁楼,神龛设在楼上。
"有菩萨保佑的……"村头茶馆里喝茶的老人,呷一口浓茶,悠然地说道。

〔图十五〕刘宅桥

一座廊桥，在山水之中，天地之间，那样静默地矗立在那里，什么也不说，它却仿佛是在向你静静地讲述，讲述那几百年间的沧桑风雨与民众的集体记忆。

〔图十六〕下擦溪廊桥

八

山水桥间一席茶

"两脚不离大道,吃紧关头,须要认清岔路;
一亭俯看群山,占高地步,自然赶上前人。"

——题记

（一）　　廊桥的故事，写了一篇又一篇，总觉得还可以再写一篇关于茶的闲话。在我的印象里，泰顺至美的事物很多，廊桥，温泉，还有茶香——当然还有泰顺的人。记得前年冬天到泰顺，县里的同志把我带到几个地方转了一圈，除了对廊桥留下深刻印象之外，就是记得泰顺有好茶。

第二次去泰顺，自己到乡下四处转，寻找各地的廊桥。那次是和包同学一起，弯弯绕绕地找到了三魁镇刘宅村的仙洞虹桥。那是一座建在村水尾的平梁廊桥，始建于明永乐三年（1405），清乾隆四十一年（1776）重修。这座木廊桥在水尾两山夹隘处，又因为是平梁桥，特别不起眼，直到在山路上转过一个弯，走近了，抬头之间，才发现这里有一座廊桥。

别看这座廊桥不起眼，它乃是第六批全国重点文物保护单位。桥头立有一块石碑，是1990年泰顺县文博馆所立，上写此桥"……二层桥屋，七开间。屋面饰以吻兽及花草人物，形象逼真"，"虽经多次重修，但大部分构件仍保存明末清初的风格特征，具有较高的艺术、历史价值"。

二层重檐的廊桥，即使在廊桥众多的泰顺，也是不常见的。此桥矗立于村庄水尾，有着明显的风水用意，加之造型精巧别致，使人流连。我与包同学一道在仙洞虹桥前前后后看了半天，还想登上木梯去二楼看看，但二楼的小门锁着，只能作罢。听说楼上供着神龛。

木平桥所建之处，一般都是溪面并不太宽的溪流上。此桥古朴极了，桥下细流无声流淌，估计此桥在漫长时光里相对安全稳固。我坐在桥栏长凳上，眼望刘宅村庄发怔。过了一会儿，一老妪斜挎背篓往桥上走来。老妪一身靛青衣服，戴一双袖套，头上一顶宽大竹笠，这一身装束颜色沉静极了，像是从春天的深处走来。我下意识拿起相机按了两张照片。老妪笑了，近前时，我才发现她的背篓里，是满满的一篓茶叶。

虽是春时，我却没想到这大山里开采的时间这么早。公历是3月1日，农历是正月十八，惊蛰都还没有到，山上的杜鹃花也还没有盛开。此时就可以采茶了吗？——泰顺处在浙南，是浙江的最南端了，气温是比浙北要高一些，其他地方的春天还姗姗来迟，这里就早早地暖和起来。从泰顺再往南走一点，就是福建的福鼎，自古出白茶的地方。泰顺山多，层峦叠嶂，峡谷深幽。海拔在千米以上的山峰有179座，大小溪流有100多条。峰回路转，溪流萦绕。这样的地理方位与生态气候，有利于生长好茶，泰顺出茶，也就顺理成章。

包同学说，采茶老妪的这些绿茶鲜叶，这几天价格极高，收青的人拿了去，做成"三杯香"。"三杯香"，是泰顺的名茶。我记起来，头年冬天在泰顺四处转，到哪里都能喝到一盏香香的绿茶，也就是"三杯香"了。

深究起来，茶叶是泰顺的传统风物。明崇祯六年（1633）的《泰顺县志》记载："茶，近山多有，惟六都泗溪、三都南窍独佳。"泗溪，也就是有"姐妹桥"（即北涧桥、溪东桥）的地方，那两座廊桥，算得是泰顺廊桥的代表作。人们去泰顺看廊桥，必看北涧桥、溪东桥；最好，还要在桥头找一间茶馆，坐下来，喝一杯茶。桥头的茶馆就是陪我聊了半天的双贵老板的家。

北涧桥的另一头，也有一家小茶馆，叫"情爱廊桥"。店内分两层，木楼梯咯吱咯吱响着，登上楼去，却是一个十分清雅的空间。这个二楼的茶室，四面都有许多小窗子，每一格窗子外面，都是一幅剪影，春夏秋冬，四时皆美。这里的茶水，居然只要两元一杯，茶杯端上来，正是绿茶"三杯香"。手握一杯清茶，于窗前闲读一本书，在这里真可以坐大半天。

这几次跟廊桥的相遇，都有一缕茶香，所以，我固执地认为，写泰顺的廊桥，一定要写到泰顺的茶。廊桥与茶，怎么能够分得开呢？

（二）

说到廊桥的茶，也一定要说到从前的廊桥边常见的茶亭。廊桥连接着古道，很多古道都是交通要道，路上行人往来络绎不绝。譬如从泰顺赴桐山大路上的普宾桥，从民国至新中国初期，一直都有以挑担为营生的脚夫在此歇息。我去普宾桥采访，还找到了一辈子在普宾桥畔生活的"守桥婆婆"。老人家守着廊桥，为来往旅人、挑夫煮茶。茶水都是免费的，自己做的米糕等点心则适当收取一点费用，借以维持生计。

那时候，挑夫都是苦力，从桐山出发，挑着海鲜到泰顺县城罗阳，再从罗阳出发，扛着木材去桐山，来来回回，两头奔忙。这样的单趟，是一百五十华里，要走一天一夜。因为货物不能耽搁，他们在途中不能长时间休息，夜间到了廊桥，就在桥上简单休憩一下。"鸡声茅店月，人迹板桥霜。"我每读到这一句话，总是想起这些在古道上来往的挑夫，他们就是在月光下行走的人，天未全明时，已经踩着晨霜走过几重山几条水几座桥，把沉沉的货担歇在了县城的早市上。这一趟走下来，有五块钱的收入，而当时两块钱可以买到一担粮食。

想一想这样的情景，就知道了，廊桥边的一盏烛光，对于远行的挑夫来说，无异于温暖的慰藉了。他们可以在茶亭里坐下来，歇个脚，喝一碗茶，疲乏消去，力量重新回到身体里。不着急呀，再喝一碗茶启程吧。守桥婆婆总是这样，为他们再倒满一海碗滚烫的茶汤。

茶叶在山区泰顺，是历史久远的经济作物。清朝时，中国出口外销的名茶品目中，有"温州黄汤茶"，其质量最好者之一，即产于泰顺东溪。泰顺茶叶也被列为贡茶，嘉庆十五年（1810）作为主要名茶，载入《中国名茶志》。泰顺茶外销的趋势，在通商口岸被迫开放之后更是增强，诸如"泰顺黄汤茶""白毫银针茶"等多有出口，远销马来西亚、新加坡等东南亚各国。这一情形，直到抗日战争全面爆发后，才告中断。

不管有没有外销，茶依然是泰顺乡人们日常生活里离不开的事物，廊桥永远为挑夫们提供一处遮风挡雨的地方，廊桥边的茶亭永远为他们提供一壶热茶。廊屋内的坐凳，向每一位旅人开放，长年累月行走在这条古道上的挑夫，甚至都记得自己的扁担支在哪一个坑上——顺着乡人的指点，我仔细地观察过廊桥桥板上的小坑，那是行走的挑夫在此歇脚时，支着货物的扁担一头抵在地上，一次一次，一年一年，扁担头在桥板上打磨出的一个个比拳头略小的深深的圆坑。

廊桥是乡人们像水滴一样汇聚物力财力方才建成的，是所有小小善意的凝结。廊桥连通了道路，廊桥上的一条坐凳、一块风雨板，廊桥茶亭里的一碗热茶，都是乡人们结下善缘的开始。所谓"古道热肠"，大约就是如此吧。廊桥头的石碑上，常刻有"广种福田"的字样，那是乡人们在经年累月的辛劳里，总结出的人生真谛。

廊桥上的茶亭，也常有文人墨客或精通笔墨之人路过，或许也受一碗热茶的慰藉，写下一幅字或一副对联。不记得在哪里了，看到过茶亭上有这样的对联："不费一文钱，过客莫嫌茶叶淡；且停双脚履，劝君休说路途长。"还有一副对联，也同样令人印象深刻："两脚不离大道，吃紧关头，须要认清岔路；一亭俯看群山，占高地步，自然赶上前人。"

（三）

有一次，跟赖县长去东溪乡。到东溪土楼时，天空飘起细雨。乡干部把我们领到一座屋子里，一位老人家请我们避雨喝茶。老人家泡的那杯茶很特别，不是普通的三杯香绿茶，而是山胡椒子茶。那山胡椒子茶味道很奇怪，一开始喝，有一点樟木的气息，初入口并不习惯。老人家说，这山胡椒子，也叫山苍子，就是山上的东西，清热解暑，健胃养阴，很好的东西。于是我们喝着这种山苍子茶，听老人家讲起一些往事来。

原来，六十多年前，著名音乐家周大风就是在东溪的土楼里，创作了闻名中外的《采茶舞曲》。那座土楼现在还在，正是老人家斜对面的那一座。这位姓蔡的老人家，当时也正年轻，还是乡小学的语文老师，就是他照顾周大风住宿，也是他见证了音乐家写出这首作品的过程。1958年春天，担任浙江越剧二团艺术室主任的周大风和全团五十多人，身背行李道具，长途跋涉，来到交通闭塞的泰顺山区巡演。好客的乡亲安排住宿，周大风他们就住在当时作为乡大队部办公场地的土楼里。

蔡老师是当地的知识分子，陪着周大风采风，带他上山采茶，跟他一起相处。周大风没比蔡老师大多少，17岁就创作了被全球唱响的《国际反侵略进行曲》，名声在外，蔡老师对他十分敬重。"这样年轻的音乐家到我们山里来，吃住都很艰苦，他一点没有架子。"老人家一边招呼我们喝茶，一边聊及旧事，小屋里暖意融融。老人家现在90多岁了，屋内收拾得整洁极了，桌上有书报，墙上挂着他自己的字画，真是一方自得其乐的小天地。

现在这个东溪乡，也因为周大风当年在这里创作了《采茶舞曲》，而准备建设一座音乐小镇。《采茶舞曲》的诞生，正是因了泰顺山上茶园里的劳动场景打动了周大风，在土楼里的一盏煤油灯下，周大风用了一个晚上，把这首后来传唱大江南北的作品写了出来。

在土楼里诞生的《采茶舞曲》，听说在全世界发行的唱片总共有一百多个版本，还被联合国教科文组织列为亚太地区的优秀民族歌舞。这也堪称"土楼音乐史"的传奇了。

从老人家这里离开，我的脑中就一直萦绕着《采茶舞曲》的旋律。后来我们又去了几个地方，记得其中一处，是一个古老的有院落的房子，有青砖铺地的大天井。有人在那里摆开茶席泡茶。有绿茶，也有红茶。因时间的关系，我们未能坐下来悠然地喝一盏茶。

泰顺的茶室，说起来，总归还是山野的气息比较浓一些，未能有所谓"茶道"的高度。江浙山野之间的茶，大体来说，都还是比较粗放的。譬如只注重茶的本身为多，而从喝茶的艺术去考虑的极少。几年前，杭州的茶叶博物馆在不远的山间，流水潺潺处，参天大树之下，照着宋式生活的样子搭了几间喝茶的茅屋，倒真是清雅得很，仿佛可以入画。

泰顺的山水好，茶叶好，廊桥也很好，几样好处归纳到一起，应该在廊桥边上，有那么几处像样的喝茶的地方。有人说，泰顺的山水是宋画的味道，而宋人尤其懂得生活的美学。东溪这样一个地方，若要做茶的文章，真可以在山水廊桥之间，营造几间清雅的茶室。竹篱茅舍下，空林疏雨间。"柴门反关无俗客，纱帽笼头自煎吃。"山水廊桥一席茶，野泉烟火白云闲。

〔图十七〕普宾桥

[图十八] 三条桥

木材交叠,互相穿插,榫卯嵌合……可以说,一座廊桥,就是泰顺当地历史文化的一座记忆宝库。

九 廊桥相见

> 桥连接道路,
> 让更多人相见。
>
> ——题记

四月,春水丰涨,仿佛一夜之间,浙南山区的溪水都满了上来。

哗哗的溪水漫过琴键一般的碇步,跌落出雪白的花丛。花丛摇曳,与远山的宁静相偕相生。

远道而来的客人,立在桥头樟树下,远远地望了一眼廊桥。那廊桥在风雨之中,历数百年春雨秋风、夏阳冬雪,依然兀自沉默,岿然不动。桥上的油漆已然斑驳,显出旧日的温润质感,桥顶的檐角灰郁郁的,挑出一抹骄傲的淡定。

这山间的宁静时光,似乎千百年间,从来如此。

时光在这里已然停止。

时光其实是如流水一般逝去的——在这山野之间,水流逝去,光阴逝去,云朵流去;水流再来,光阴再来,云朵也再来,一切似乎又与从前的日子没有区别。

雨停歇了。一座小山村,沐浴在幽蓝色的晨曦之中,静谧悠远。

从古到今,不知道有多少挑夫走卒、官宦士人、僧人俗子，奔波行走在这样的晨曦之中。晨曦的山道上，他们转过一个个山角，跨过一条条沟坎，攀登过无数级石阶，途经一座座风雨廊桥。星移斗转之间，行者的脚步悄然散去，被草鞋磨平的鹅卵石，业已淹没在草丛之中。

"牧童遥指杏花村"，坐在牛背上的牧童，就这样吹着竹笛，骑牛经过廊桥。

我远道而来，经过廊桥的时候坐下来歇了歇脚，然后倚在廊柱上打了一个盹儿。就在这个工夫里，我遇到了牧童，遇到了士人，遇到了挑夫，遇到了行脚的游医，遇到了许多张素昧平生的面孔。

是的，有了廊桥，就可以去到山水阻隔的对岸了。

有了廊桥，更多的人，可以穿越时空，在桥上相见。

（一）

"我好像迷路了。"

"你要到艾奥瓦州吗?"

"是的。"

"那你没迷路。"

"我找一座桥,这附近一座有廊屋的桥。"

"罗斯曼桥?"

"是的。"

"你就快找到了,它离这里大概两里路。"

（二）

二禾君①,上述是美国电影《廊桥遗梦》的台词。这部电

---

① "二禾君"为作者叙说的对象。——编注

影在 1995 年上映后风靡中国，并在当时的中国社会引起巨大争议。电影讲述了一个爱情故事，家庭主妇弗朗西斯卡在家人外出的四天里，与前往拍摄廊桥的《国家地理》杂志摄影师罗伯特相遇，两个人发生了一段刻骨铭心的故事。

中年夫妇的情感危机问题，引起了大家的广泛关注和讨论。同时，电影让浙南闽北的乡民发现了"新大陆"，他们第一次用外部的目光重新审视自己熟视无睹的事物——

"原来我们村口天天见到的这些桥，叫廊桥呀。"

二禾君，在浙南闽北的十万大山里，大约隐藏着几百座木廊桥。它们在偏僻的大山深处，在溪涧流经的地方，经历百年风雨沧桑。

它们中的很多，都是"国保"级文物。

但是，二禾君，我和你一样，以前不曾有机会走近廊桥，也没有近距离地观察过廊桥。我依稀地通过一些途径——譬如电视、报纸或者杂志，偶尔可能是照片——知道廊桥。那部电影的名字如雷贯耳，我却不曾走进浙南闽北的山区，去亲眼看看、亲手摸摸那些廊桥。

二禾君，我知道，那些穿越了漫长时光的廊桥，静静矗立的廊桥，是山水间的静默风景，也是大地上的珍贵文物；但是关于它们，或者它们到底还经历着怎样的故事，我还不知道。

所以，我决定在春天开始寻访那些廊桥。

有朋友建议，在开始之前，不妨先去找一个人。

（三）

廊桥文化学会的办公室，位于温州市鹿城区某个街角的一幢红房子里。这是一处闹市区，周边街道上有许多闹猛的餐饮店。在那里我见到了钟晓波——中国廊桥网的创办者，温州市廊桥文化学会会长。

学会办公室的书架上摆满温州地方文化的书籍，其中最多的是关于廊桥的各种书籍。

寒暄几句之后，我们的话题，自然而然就从廊桥开始。

眼前的这个年轻男人，一讲到廊桥就停不下来。因为他发现，自己这半辈子的故事，几乎都跟廊桥有关。

晓波的家乡在泰顺，大安乡花坪头村。他从小居住的地方，随便往哪个方向走，不出几里，总能见到一两座形态不一的廊桥，踞于溪涧之上、山野之间。

那时候，乡村的小孩子大抵都差不多，哪有什么娱乐器具呀，无非都是在大地田野中乱跑，跑到满身是汗。阵雨突如其来的时候,晓波也和小伙伴一起飞奔,冲到廊桥上,一边喘气,一边看大雨在桥外面哗哗地下。

天气晴好时,小伙伴们又一起在桥上玩纸飞机。对着纸飞机哈一口气,用力往桥外掷去,飞机会在空中盘旋一阵,再缓缓落到水面上。

晓波后来上了初中,是位于三魁的泰顺三中。学校附近也有一座伟岸的廊桥,薛宅桥。每周上学放学,他都要经过薛宅桥,来来回回,不知走了多少趟。

薛宅桥真大啊——那时候的晓波觉得,这样一座有屋子的桥雄伟高大,再大的狂风暴雨也奈何它不得。人立于桥上,就特别有安全感。

泰顺乡间的少年都是这样长大的。晓波还记得,当时自己踏着古道去上学,生怕把新鞋子磨破,每次都要把鞋子脱下来拎在手上,赤脚走路,到了学校才穿上。他从小懂事,知道父亲给他买一双鞋子不容易。

这个小小的细节,很多年后说给妻子听,妻子好生诧异。他妻子海沙在县城长大,完全不了解那个时候的乡间少年这样的生活状态。晓波从五岁开始,就帮着父母干力所能及的农活了,十几岁时帮着挑煤渣,一担担的煤渣,压在瘦弱的肩膀上,他也咬牙撑过来。

上了中学的晓波一次次从薛宅桥上经过。他有时会觉得,自己的足迹与祖辈父辈们的足迹,在这座廊桥光滑的木板上重叠起来。可他不想再重复父辈们的人生道路了,他要努力读书,改变自己的人生。

(四)

直到有一天,同学把一本杂志递到晓波面前。

"你看看,这上面登的廊桥,是不是你老家的桥?"

同学无意中递过来的那本杂志,成为意外引燃某些东西的火种,让这个走出大山的青年大感惊讶——自己的家乡泰顺,怎么就登上了杂志?

"你们家乡有这么美丽的廊桥,你竟然都没说?"同学责怪他。

晓波无语。

那是一本从学校图书馆借来的《地理知识》杂志,也就是后来著名的《中国国家地理》。此时的晓波,已经是一名大学生了。

晓波的大学,在离浙南老家很远的城市——四川成都。此时的晓波,正是对一切知识充满好奇并孜孜以求的年龄。

他学的是中文专业,却对电脑和网络情有独钟,充满探究的兴趣。

"其实不是我不说,是因为之前不知道那就是廊桥。"

晓波不知道,在泰顺本地人眼里平常极了的桥,在外面的人们看来,居然那么有魅力、有价值。一本杂志的出现,让浙南山区出来的西南民族大学的学生钟晓波,有机会重新审视自己的家乡以及家乡的"蜈蚣桥"。

你看那廊桥的桥身,无数根木头,趴在河的两岸,不就跟蜈蚣一样吗?

这样的桥,在晓波的成长时光里,和随处可见的农具、石碾、水井一样,不过是日常生活里习以为常的事物。山民们把这种廊桥叫作"蜈蚣桥""柴桥",或者干脆叫"桥屋"。

泰顺的廊桥,已经在山里静静待了几百年。

晓波专门去看了那部名为《廊桥遗梦》的美国电影,他发现家乡的廊桥的确有着特殊的美感。在那之前,他只觉得家乡泰顺是一个贫困山区,巴不得走出大山,去城市里创造更好的生活。当大学同学都饶有兴致地谈论各自的家乡时,他习惯于默默聆听。现在他突然觉得,泰顺还有一些东西,是值得全中国乃至全世界瞩目的。

泰顺是浙南山区县,东北接文成,西北接景宁,南与福建省为邻,素有"九山半水半分田"之称。境内山高路远,群峰叠翠。在这里，千米以上的山峰有179座，平均海拔490余米。正因为山高路迢，历史上有许多名人贤士，为避祸乱，陆续迁居到泰顺，在这个群峦起伏、人迹罕至的"世外桃源"里生活。

泰顺廊桥，便是先辈们留下的珍贵文化遗产。

尽管在泰顺的山民们看来，廊桥不过是自己寻常生活的一部分。

比如，他们会把最为敬重的神明摆放在廊桥的正中间，每隔一段时间就去拜一拜。夏天的夜晚，大人小孩一起聚集在桥上，看萤火虫飞舞，看星空浩瀚，听着桥下溪水潺潺，感受着水流带来的清凉，不知不觉入睡。

山民们质朴而淳厚。他们不会像电影中那样，把写着诗句的字条贴到廊桥上，也不会对廊桥拍什么照片，但他们用自己的方式，跟这些廊桥相处了数百年。

（五）

晓波对廊桥投入真正的热爱，是从为廊桥建网站开始的。算起来，那已是二十年前的事了。

晓波想起自己小时在廊桥上赤脚奔跑而过的情景。桥下有溪，溪水潺潺，奔流不息。为什么不建个网站，让更多人了解家乡的廊桥呢？

他在一家网络公司勤工俭学，有电脑技术基础。但做网站并不是那么容易的事情。为了攻克技术难题，他向很多人去请教，把别人踢足球、看电影的时间都花在了捣鼓网站上。

2000年，晓波一手创办发布了"中国廊桥网"。尽管网络页面极简单，网站开通之后，仍然得到了众多网友的热烈响应。网站有个留言本，每天都有几百上千条留言。那时候的BBS（论坛）上，很多热心于廊桥的网友乐此不疲地发帖"盖楼"。

那是全中国第一个以宣传廊桥文化为己任的网站。直到今天，它依然是"闽浙木拱廊桥联合申遗官网"，为福建、浙江两省的屏南、寿宁、周宁、政和、泰顺、庆元、景宁七县22座木拱廊桥联合申报世界文化遗产而奉献自己的力量。

小时候拎着鞋光着脚在雨中奔跑到廊桥的少年，哪知道后来自己的人生，会跟廊桥紧紧相连。

很多东西，要站远了看，才能清晰地看见它的美好。

对于晓波来说，家乡的事物也正是如此——远远地离开它，然后重新发现了它的美。

泰顺被外界称作"古桥梁的侏罗纪公园"，境内保存完好的唐宋明清时期的木拱廊桥不少，那些廊桥，自有一种古朴沉静之美。

廊桥的美，也让城里孩子海沙觉得很自豪。

海沙从小在县城长大，对乡下的廊桥没有多少特殊的感觉。她也是上了大学才知道，泰顺的廊桥原来那么有名。

大学毕业后，从温州回到泰顺报社上班，没有几天，领导就把一项重要的任务交给了她，让她去采写一篇有关廊桥的稿件。

很快，她就要认识晓波了。

二禾君，我想，有时候缘分就是一条漫长的道路。

就像泰顺的古道，如果缺少了廊桥的连接，很多古道就无法贯通。桥归桥，路归路，但很多时候，桥是路的一部分，路是桥的延伸。

（六）

泰顺廊桥好像忽然之间就热闹了起来。

电影《廊桥遗梦》海沙也看过，她觉得泰顺的廊桥，绝对比电影中的美国廊桥更美，也更壮观。

海沙到泰顺报社上班不久，领导让她主持一个廊桥文化栏目"爱我廊桥"。当记者，能采访廊桥人、写廊桥，海沙很高兴。

那时候，泰顺廊桥刚刚在杭州、上海高校办了图片巡展，听说反响很大，很轰动。主任一个电话，海沙你去采个稿子回来。

于是，海沙就兴冲冲跑去采访了。听说活动发起人是钟晓波，是电信实业公司的员工，她没见过这个人，就直接去找了电信公司的郭总。

见了面才知道，巡回展的组织者晓波，居然是只比自己大一岁的年轻人。海沙想：这么一个小年轻，才大学毕业回到泰顺工作，没想到就凭着一股子初生牛犊的闯劲儿，把展览办得这么漂亮。

海沙心里，有了一丝涟漪。

那一次的廊桥图片展，在浙江大学、浙江工业大学、复旦大学和上海交通大学先后举行，每一站都取得了意想不到的成功。高校学术界、新闻媒体界，都掀起了一阵廊桥热，晓波也由此结识了一批热心热爱廊桥事业的专家、学者和民间爱好者。

举办这个活动可真不容易。当时晓波最大的难题是缺钱——到处找钱。最后，他找到了自己东家、电信实业的领导郭总，特批两万元用于廊桥图片巡展活动；万事开头难，有了这两万元，电信、移动两家公司又分别出了两万元。

这样，就有了六万元打底。然后，活动得到了县里的支持。

晓波和泰顺学联共同发起的"廊桥寻梦——杭州上海高校泰顺廊桥图片展"，总算搞成了。

采访的时候，海沙直愣愣地问郭总："你怎么会想到，这个活动一定会成功呢？"

郭总笑笑，说："我看到一个小年轻，为宣传自己家乡到处奔波，热情那么高，不希望他因为一点钱的事情，这份热情受挫啊！"

原来如此！

郭总朴素的一句话，又一次在海沙心里激起了涟漪。

采访结束，郭总好像很不经意地提了一句："遗憾呀，这么优秀的年轻人，还没有女朋友。"

多年以后，晓波和海沙因廊桥牵手喜结连理，报社主任就说："当时是我叫你去做这个报道的，按理说，我是媒人。"

郭总说："海沙第一次采访时，是我有意从中撮合，所以，我才是媒人。"

还有一位萧老师，萧云集，是位摄影师，他也说自己才是媒人。

那时，萧老师接连在《中国摄影报》上发表了很多廊桥的照片。他在苍南文化馆工作。有两年，晓波从泰顺电信调到苍南联通工作后，海沙还在泰顺报社上班，经常以采访萧老师的名义跑到苍南去。明里说是去采访萧老师，其实，暗里都是去找晓波——萧老师说："我还不是媒人吗？"

（七）

但后来，报社主任、郭总、萧老师，都没有吃上晓波和海沙酬谢媒人的大蹄髈。

最后大蹄髈送给了谁？另一位朋友——格老师。

格老师，大名陈圣格，泰顺有名的作家，笔耕不辍，先后出版过《行走泰顺》《停泊在水底的故乡》等诸多著作。

格老师有个特点，和海沙、晓波一样，那就是无比热爱廊桥。

海沙跟晓波认识之后，加入了寻访廊桥的小分队。那时候也年轻，精力充沛，他们几个人进山入村，跋山涉水、爬坎过溪，到处结伴行旅，寻访廊桥。在这个过程中，他们一边走访，一边拍摄图片，整理廊桥资料，有时又做义工为外地驴友当导游，日子过得优哉游哉，不亦乐乎。

有时去乡下云游，背个包，骑个自行车就出发了，骑一整天也不觉得累。

"都是特别简单的人，容易满足。"

山环水绕。柳暗花明。一抬头，一座绝美得令人赞叹的廊桥突然出现在眼前——那种大美带来的震撼，一次次激荡心灵。

有一次，他们跑到某个山区的小村庄里，发现那里的村民，都还穿着蓝色土布衣衫，妇女头上梳着古老的发髻，整个村落非常原始古朴。他们忽然就恍惚起来，自己是不是无意中闯进了一个世外桃源？

每一座桥，都在漫长的时间长河中发生变化，它们周边的环境也在发生变化。很多老桥周围，从前都是山林与田野，零星散落着寥寥无几的老屋；现在很多地方，已都挤满了楼房，桥的周围变得局促。

环境一变，桥也就变了。

原本有些地方，山深林密，溪水充沛，桥在水上，云在桥上。天地与山崖溪流，与山野飞鸟，都浑然一体，仿若世外，无人打扰。

过几年再去，溪水已干涸，丛林已消亡，桥边盖起砖瓦楼盘，水泥路浇到了桥边上。这样的情景已不少见。更有甚者,因有的老桥并未列入保护名录,年久失修,无人照看,悄无声息地就在时光里不见了。

当然,事物消亡,这也是自然规律。

然而在晓波、海沙、格老师他们看来,这都令人无比痛心。他们在寻桥的时候,觉得自己仿佛是在跟时间赛跑。

海沙本是个文艺青年,她生性热情活泼,热爱大自然,喜欢跟人交流,从心底里热爱那些美好的事物。

旅途中遇到一棵树,一条河,一片叶子,她心有所感,有时居然能写上几千个字。何况,旅途当中遇到廊桥、遇到晓波呢?

也就是在这样寻访廊桥的行走中,两个年轻人情愫暗生,擦出爱的火花。

文重桥下,清溪水边,海沙和晓波捡拾溪石比赛着打起水漂——后来格老师提交的他作为媒人的"有力证据",是一张两个人打水漂的背影——都不知道格老师是什么时候偷拍下来的。

毫无疑问,格老师独具慧眼,明察秋毫——他一眼看穿了两个年轻人心中的秘密,那里正有一座隐约的廊桥在悄悄架起。

大蹄髈送给格老师,格老师享用了半年之久。格老师拟的一副嵌名联,在晓波与海沙的婚礼上备受来宾们赞誉:

"大笨大智筱林送晓碧波起荡漾，还傻还颖玉水问海好沙经浪淘"。

钟晓波的网名是"大笨钟"，海沙的网名是"还傻"。这副对联的横批可谓十分切题："廊桥作证"。

（八）

二禾君，我有时会想，廊桥是什么？

在泰顺，各种各样的桥近千座，古廊桥就有三十多座。在浙南闽北，这样的古廊桥非常多。这片区域，千米高山数十座，崇山旷谷交错回环，大小溪流百余条，呈树枝状密布。这样的山水自然环境，造成了行路难的状况。

唐代诗人罗隐，在泰顺停留时写下诗句："遥闻前山相对语，跨绕溪谷数里程。"

清代进士董正扬也有感叹泰顺行路之难，"迢迢罗阳，如在天上"。

罗阳，也就是现在泰顺县城所在地。

这样山高水远的地方，简直就是一个"不足与外人道也"的世外桃源。

二禾君,这样的崇山旷谷,这样的群山万道,也幸好有了桥。

"为什么要有桥啊?"

"因为路走到尽头了。"

有了桥,路出现了转机。看似已然没有路的地方,居然被接通起来:树木、石头、钢铁,不管什么材料都行,一座桥凌空架起,连接彼岸,让两条路变成了一条路,让世界上最远的距离,变得触手可及。

有了桥,人与人之间的距离就近了。

二禾君,在寻访廊桥故事的过程中,我常常会被一些人物、一些细节打动。如果要给那些细节起一个标题的话,我想可以写"每个被廊桥改变的人生"。

我把这句话写在了我的采访本上。

世上万物之间,本都是有距离的。唯有爱能让一切距离消解,也让亲密具有可能。

媒人,民间说的"月老",其实也是架桥之人。架桥之人都是有福的。

尽管晓波和海沙的大蹄髈让格老师足足吃了半年之久，但格老师依然十分谦虚，他认为真正的媒人还不是他，而是另有其人。

晓波、海沙也好，格老师也好，他们都是一群为桥痴迷的人。

廊桥在天地之间静默，等待能读懂它的人到来。

当地山民叫作"柴桥"的那些桥，在不懂得它的人眼里，无非是一堆破破烂烂的东西而已——也老，也旧，也不喧哗，也不繁盛，只是静立在深山小村，无人注目，无人欣赏，只是任它风霜雨雪，水流云在。

一群年轻的背包客，在廊桥冷冷清清的时候，脚步坚定地向它们迈去了。

他们看桥，也并不是带着研究的目光去看它，而是天然素朴地看它。

它的老，它的旧，它的不喧哗，它的不繁盛，怎么就有一种别样的美呢？即便是风霜雨雪，水流云在，它静立于此，怎么有一种动人心魄的力量呢？他们坐在溪流中间的石头上，听流水潺潺，看云卷云舒，大家默默地看着廊桥，一直可以坐很久。

有一种美，是需要以同等的能量才能看见的。

衰落、凋敝、破旧、干枯、不完满的事物，会引起人们对生命、对变化与变迁的惋叹、感慨、惆怅与留恋。早在14世纪，日本的僧人作家吉田兼好在随笔集《徒然草》中就明确地提出，残破的书籍是美的。

他认为：比起满月，残月更美；比起盛开的樱花，凋落的樱花更美。

当廊桥成为审美对象的时候，它们比崭新的高楼大厦、闪亮的名牌产品都更为动人。它们历经沧桑的容颜，让人想起自己生命中的许多事物。

人与桥默默相对，时间久了，就有了对话，有了思绪的流动。

这一群寻访廊桥的人，大约有七八个人，十来个人，有的人离开，有的人加入，晓波、海沙、格老师几乎每次都在。

有时候，他们说走就走，带一个背包就出发了。有时他们随遇而安，走到哪算哪。有时候，他们走到山穷水尽，天色已晚，就随便找个山民家住下来。有时候，实在找不到旅店人家，就随便找个地方扎个帐篷，将就一晚。曾有一次，半夜里睡着睡着，砖块搭起来的简易床都塌了。

一行六七个人，几日夜的行旅，大家AA下来，每个人花费不过一百多元。简直难以想象。吃得还挺好——因为找不到餐馆，就去村民家里买吃的，看中鸡，看中鱼，就买了自己杀,自己烧。村民都朴素得很,也热情得很。

早些时候,交通还很困难,没有车,自行车在山路上也不好骑,完全徒步。出了村庄,有了机耕路,遇到机动车就搭车,有时是拖拉机,有时是运沙车,风吹起来的时候,每个人满头满脸都是沙子。

想想看——这样有趣的寻桥记忆,随着时光的流逝,本身不也成为一种审美对象了吗?

(十一)

海沙和晓波新婚,第二天一大早,乒乒乓乓响起了敲门声。

开门一看,格老师站在门外。他背着双肩包,戴着一顶帽子,兴奋地挥手:"走!去屏南找廊桥。去不去?"

格老师原先在泰顺一中当老师,他语文教得很好。他寻访廊桥,是因为自己对故乡的情意。

"老家西岸,是发源于乌岩岭的司前溪流经的地方。由于两岸山势高耸,村庄狭长,我们都管它叫西岸底……"

故乡的小山村,现已是烟波浩渺的飞云湖。浙江南部的飞云江，是一条古老的河流，其干流和支流两岸古村密布，以百丈古镇最为有名。那里就是格老师的家乡，他所有年少时的记忆都与小山村紧紧相连。

因建设大型水利枢纽工程的需要，那些原本生活在飞云江中上游两岸的村民移居他处，大坝筑成蓄水，故乡的记忆，也随之沉入水底。

时光流逝，年岁渐长，这些记忆却在脑海中挥之不去。于是，他用脚步丈量乡村的记忆，到处收集老照片，为家乡写下一本书，《停泊在水底的故乡》。此外，他也写下《泰顺石雕》《泰顺药发木偶戏》等好几本有关地方文化的书。

很多年了，在生活的滚滚洪流里，格老师坚持做着自己喜爱的事情。他和晓波、海沙他们一起，踏遍浙南闽北的山山水水。

从浙江泰顺，到福建屏南，路程近二百公里。那时没有高速，需要不停翻山越岭，不停换乘中巴、小巴、拖拉机以及不停步行。

"去！"

背上包，就出发了。

（十一）

那天傍晚，我与晓波、海沙还有格老师一起，沿着村道漫步，一直走到天色幽暗，暮色沉沉，萤火虫在路上飞舞。

这乡村夏夜真是美好。

海沙说，有一次，他们去丽水庆元找廊桥，来到了月山村。小村的名字真好，好像那是一个铺满月光的地方。那么一个小小的偏僻的自然村里，居然藏着好几座"国保"级廊桥。

二禾君，你可以想象：四面都是巍巍群山，你远行百里而来，众里寻他，一个转身，忽然发现眼前出现一座廊桥；或者你走着走着，在一片稻香之中，眼前冒出一座廊桥来。"廊桥王国"里的"小王国"，在一个小小的村庄里，你遇到了不同样式、不同年代的十座绝美的木廊桥，是不是令人惊讶？

那一次，晓波、海沙和格老师一起去了福建的屏南，走了很远的路，去看那里的万安桥。位于福建省屏南县长桥镇长桥村的万安桥，真是一座长桥啊——全长98.2米，是中国现存最长的木拱廊桥。那座桥始建于宋朝，距今已有920多年历史。清康熙四十七年（1708）曾遭火焚，重建后历经数次修葺，到了1932年再次重建，一直留存至今①。

看桥的时候，他们也会去找村民聊天。比如这座桥有什么故事，有什么特别值得关注的地方。在他们眼里，每一座桥都有独特的味道。

有时候，他们会在寻桥的路上遇到同道中人。有一次，他们就在路上遇到一位腿脚不便的长者，走路时也是一瘸一拐的，孤身一个，说是去看廊桥。要知道，那是多么偏僻的山村啊——也不知道长者是如何抵达小山村的。

短暂交流之后，他们又分开了。

过了半天，他们居然又在另一处地方碰头了。那是一家简陋的小餐馆——大概附近方圆十里也就只有那一家小餐馆吧。就这样，他们相互认识了。一介绍，对方说自己网名叫"桥痴老唐"。

志趣相投的人，总有一天会彼此相遇。

于是，他们也跟"桥痴老唐"成了朋友。有一年，泰顺新建一座廊桥，因为造桥资金不够，需要募集一些民间捐款。听说消息后，"桥痴老唐"二话没说，默默捐出了一万元钱。

---

① 该桥于2022年8月6日晚失火，桥体被烧毁。

后来，海沙外公提笔为那座新建的廊桥题写了桥名——"同乐桥"。

走在寻桥的路上，慢慢地会遇到同行者，慢慢地你会知道，这条路上你并不孤单。

（十二）

许多人的生活，多少都因为遇见廊桥而改变了。

晓波的人生跟廊桥紧紧地联系在一起——他的情感、家庭，他的工作、生活，都跟廊桥相关。在本职工作之外，他的大部分精力也用在了廊桥的保护上。

廊桥学会的日常工作，琐碎、繁杂。网站的更新维护、微信公众号的文章推送，以及廊桥相关的文化活动的策划，都是晓波在做。

作为廊桥学会的会长，也作为中文系出身的笔杆子，他每天要编辑四五篇与廊桥相关的文稿，维护好几个公众号。还包括一项名叫"廊桥出海"的庞大计划——他的梦想是，希望廊桥能够走出中国，走向世界，成功申报世界文化遗产，使廊桥得到更好的保护和传承。

为此，他几乎每天都要工作到凌晨。

他日复一日为廊桥保护所作的努力，大家也都看见了，晓波也因此先后被评为省级优秀共产党员、泰顺十大廊桥之子等。

"他就像个扫地僧。"海沙说。

海沙的生活，也因为廊桥而不同。她是廊桥学会的秘书长。这是一项纯公益的工作，又不领工资。叫谁当好呢——大家说，不如海沙你多奉献一点吧。

海沙的确又是热爱廊桥的。

现在，闽浙木拱廊桥申遗网、廊桥文化网和全国泰顺商会信息中心一起办公，等于是"一套人马、两件事情"——为什么把泰顺商会和廊桥学会组合到一起来？还是因为廊桥学会经费拮据。这两件事情放在一起来做，就能把企业的力量发挥出来，以商会的运作，来为廊桥学会的工作筹措资金。

用正式的语言表述，就是——"以文促商，以商养文"。

其实，这些年，通过廊桥网的对接，晓波他们联合了很多企业家，持续做公益事业，如"廊桥阳光慈善公益基金"，定向对贫困学子、留守儿童进行帮扶。

2016年，"莫兰蒂"台风来袭，三座古廊桥被毁，廊桥网发起了全球援助行动。不长的时间内，来自全球各地的援助资金到账210万元。美国俄亥俄州的古桥协会也捐助了数千美元。

因为有了廊桥，泰顺拉近了与外部世界的距离，廊桥也拉近了人与人之间的距离。

2013年6月，晓波代表温州市廊桥学会，应邀赴美出席第二届全美廊桥研讨会，就廊桥保护和廊桥文化传播工作交流经验。

海沙也跟他一起去了。准备展览、拍照、写作文案，她是全能助理。

那一次，中国廊桥展同时在俄亥俄州、波士顿哈佛大学、纽约时代广场等地举办。这也是中国廊桥第一次正式亮相国际舞台。

那次活动当然很成功。晓波还与美国当地的廊桥保护组织一起签订了地方文化交流协议，促成了美国俄亥俄州的罗伯特廊桥与泰顺泗溪的北涧桥顺利缔结为"姐妹桥"。

也是在那一次，他们漫步在哈佛大学的校园里。校园非常美。哈佛大学教授、时任东亚语言文明系主任包弼德教授，两米高的大个子，为海沙打着伞，向她耐心介绍校园建筑与历史文化。

海沙想，如果不是因为廊桥，她和晓波恐怕没有这样的机会吧？

他们亲手把一座泰顺廊桥的微缩模型，赠送给了哈佛大学图书馆。

一座廊桥,把他们与遥远的世界连接在一起。

（十三）

二禾君,我还记得那次,我去泰顺寻访廊桥,一个人在泗溪的溪东桥上坐了很久。忽然手机响,接到海沙发来信息:"你来吃粽子吧,我和晓波包了虎皮粽。"

第二天就是端午节了。

浙江大地,很多地方的人家都会在端午节包粽子,一般以箬叶作为粽叶包裹糯米。而泰顺当地的传统粽子则独具特色,是以毛竹脱落的笋壳包成。

这种笋壳自带斑点纹路,酷似虎皮斑,当地人又把这种粽子称为"虎皮粽"。

泰顺山多,山上竹海连绵。清明前后,竹笋迅速生长,笋壳自然掉落,人们从竹林中捡回笋壳晒干保存。到了插秧时节,把笋壳撕成细条用来捆秧苗;到了端午时节,就把笋壳浸泡洗净,用来包粽子。

海沙发来的定位,是在大安乡花坪头村,离泗溪不算远。

我驱车出发,二十分钟就到了。"格老师也在这里。"海沙说。

穿过长长的淡竹垟隧道,很快就到了花坪头。海沙、晓波和格老师他们,正坐在路边一棵高大的橄榄树下。小方桌上摆着茶壶和茶杯,新鲜的樱桃和小番茄鲜艳欲滴。两个娃儿绕着小方桌来回奔跑——晓波、海沙的两个孩子,小名都跟"廊桥"有关。

(十四)

"你知道吗,罗斯曼桥被大火烧毁了。"

因为一部虚构的小说,也因为一部演绎的电影,罗斯曼桥成为人们心目中的美好之地。无数人争相前往那里,看那座廊桥的同时,怀念自己生命中已然消逝的或尚未到来的美好。

"虽然在我们相会之前谁也不知道对方的存在,但是在我们浑然不觉之中有一种无意识的注定的缘分在轻轻地吟唱,保证我们一定会走到一起。就像两只孤雁在神力的召唤下飞越一片又一片广袤的草原,多少年来,用人一生的时间,我们一直都在互相朝对方走去。"

"这是电影中的台词。"

"是的。据说大火是由一个由爱生嫉的纵火者点燃的,他想用这种狂热来试图得到罗斯曼桥。当然,这也只是人们的猜测,或许桥的失火只是个意外。罗斯曼桥已经成了一堆废墟。"

"廊桥真的变成一个遗梦了。"

(十五)

桥因水而生,也因水而亡。

泰顺的廊桥在天地之间存在,被风雨、洪水和时光摧毁几乎是宿命。有生,有死,有死,又有生。自然界的事物,莫不如此。

泰顺的山水,几乎就是一幅宋画。那山那水风姿秀逸,那山头的烟云氤氲润泽。那古老的村庄里,炊烟袅袅升起,村庄里走出的人,面容敦朴。村庄里的老房子,这般静谧雅正。村庄水尾的廊桥,又是如此空灵高旷。

那时候,多少先贤避世来此。又有多少高人逸士,走进山野之间,留给后人一个孤独潇洒的背影。

有一年春天,海沙他们一起去寻廊桥。

头天晚上到的小山村,廊桥边有一棵桃树,开了一树灿烂的花。

真是太美了!他们噼里啪啦拍了好多照片。

晚上下了一场雨,第二天一早又去看,一树花朵全都凋落了。桥头铺了满地的落英。

这种一瞬的美,让人心动。

生命都有这样一个老去的过程吧。尽管每一个生命最灿烂的时光都只是匆匆一瞬,却依然要拼尽全力,开出属于自己的灿烂来。

廊桥之美,或许也是如此。桥在世上存在千百年,对于山,对于水来说,也不过是匆匆的一瞬。

(十六)

坐在橄榄树下喝茶,大家又聊起一些往事。

晓波读高中是在泰顺县城租的房子,他住的那幢楼,楼里居然住着——后来才知道的,那不是海沙的妈妈吗?——原来她家就在晓波住处几步远的地方。

但是，在好多好多年以后，晓波与海沙才会遇见，并且相识。

晓波考上大学，去了成都；海沙考上大学，去了温州。几年后，晓波重新回到泰顺县城工作，要租房子，找了几天没找着合适的，又找到原来住过的地方，在马路对面租了一间。

这时候，海沙家里开了一间杂货店，也在马路对面。

海沙大学毕业后，留在温州工作了一年多，后来回到泰顺工作。

——"原来你一直住在马路对面啊？"

——"原来你是老板娘的女儿呀？我经常在小店买东西！"

——"你买些什么？我都没碰到过你。"

——"盐、酱油、方便面、矿泉水……"

二禾君，你也要来看廊桥吗？

我在廊桥等你。

（十七）

后记

在一次次前往寻访廊桥的路上,一个直觉在我心中逐渐累积和加深:似乎每一位泰顺人,在提到廊桥时都会神情端然、肃然起敬。这样的感受,在我以前还没有遇到过。一个事物,能得到不同年龄、性别、身份、地位、职业、文化背景之人,如此高度一致的认同,令人惊讶,也令人感动。

我相信这是廊桥的独特力量。

我也为这片土地上的人们感到庆幸。

廊桥在浙南闽北山区常见,而本书笔墨所及多在泰顺境内,亦完全出于一种机缘。2020年11月,德高望重的新闻界前辈、作家、浙江省民政厅原副厅长童禅福先生,约我一起到泰顺走走。此前,我知道廊桥在文化上的重要意义,却未有机缘真正深入了解过廊桥的故事,更从未写过有关廊桥的只言片语。多年未联系的童先生突然联系我,第一句话就直截了当:"我觉得如果要写廊桥,没有人比你更合适了!"当我在泰顺走了几个地方,看了几座廊桥,接触了不少人之后,一个念头在我心中逐渐清晰起来:廊桥这个题材值得写,值得用心写。

此后,我很多次从杭州奔赴浙南山区。去的次数越多,越是喜欢那个地方。泰顺是个"千桥之乡",大小桥梁近千座,有三十多座古廊桥,其中十五座廊桥被列入全国重点文保单位。围绕这些廊桥,已经有不少的文字资料。我的写作如果只是停留于资料的抄录和整理,那显然没有任何意义。我希望能以自己的眼睛去发现廊桥与人、与自然、与社会周遭之间的关系。其中,"人"是最重要的因素。也因此,我围绕廊桥,去寻找和发现"人"的故事。那些故事太动人了,甚至我以为,如果有机会把一些故事改编成电影,那也会是极为精彩的。

这些文章写出后,先后在《人民文学》《中国作家》《新华每日电讯》《光明日报》《文汇报》《深圳特区报》《北京晚报》《新民晚报》《散文》《雨花》《草原》等报刊发表,并被大量转载,引发各界关注。由此可见,廊桥虽偏居一隅,但实在不只是泰顺的廊桥,而是中国的廊桥,是中国人共同的精神家园;它也是东方的廊桥、世界的廊桥,是人类文化的珍贵遗存和样本。

感谢泰顺的领导,感谢童先生,使我有机会亲近廊桥,书写廊桥；也感谢许多朋友慷慨地把他们与廊桥的故事跟我分享。因为他们，才有了这本书里的文章。温州市廊桥文化学会、温州博物馆、泰顺廊桥研究保护中心，都为采访提供了帮助；温州市廊桥文化学会会长钟晓波先生提供了廊桥摄影图片，画家麦浪先生提供了美术作品，为本书增色，在此一并致谢。

还要感谢浙江文艺出版社副总编邱建国先生、编辑罗艺，为本书出版做了大量工作。在一次聚会上，作家汤素兰、孙建江、海飞等朋友"停杯投箸"，与邱建国先生一起为本书的出版出谋划策，一锤定音，尤其美好，而我居然并不在场，尤值得记上一笔。

廊桥让所有这些美好的人事得以联结。我愈加相信，廊桥的力量将绵绵不绝，穿越时空。

周华诚

2022年10月22日于念久楼上